戸美人捕物帳

屋のおみわ　ふたつの星

山本巧次

幻冬舎時代小説文庫

江戸美人捕物帳

入舟長屋のおみわ

ふたつの星

一

「うわあ……やっぱり混んできたわねえ」

周りを見回したお美羽《みわ》が、隣に肩を寄せ合って座る友達のおたみに言った。

「そりゃそうよ。なんたって、初日だし」

おたみは、すっかりぎゅう詰めになった平土間の窮屈さも意に介さないように、心得顔で応じた。

「しかも演目は人気の仮名手本忠臣蔵。混まない方がどうかしてる」

芝居好きのおたみは、まだ閉じたままの緞帳《どんちょう》に、早くもきらきらした目を向けていた。贔屓《ひいき》の役者、木村扇之丞《きむらおおぎのすけ》が塩冶判官《えんやはんがん》の妻、かほよ御前を演じるとあって、気合が入っているようだ。

お美羽は開幕直前の熱気に呑まれながら、もう一度改めて四方に目をやった。ここは本所元町《ほんじょもとまち》の芝居小屋、扇座である。すぐ向かいの尾上町《おのえちょう》に櫓《やぐら》を上げていた西村座に、不祥事があってしばらく興行を控えるようお達しが出たため、控櫓《ひかえやぐら》として扇座が興行を打つことになったのだ。

控櫓とは、御上に公認された芝居小屋である本櫓《ほんやぐら》が、金繰りに行き詰まるなどで興行できなくなったとき、代わりに興行する許しを得た一座である。中村座には都座、市村座には桐座、森田座には河原崎《かわらさき》座という控櫓があり、西村座の場合はこの扇座と決められていた。ちょうど新築したばかりの小屋で、満員の人いきれの中にも、新しい木の香がほんのり感じ取れる。

小屋の中央を占める平土間は、角材で桝形《ますがた》に区切られており、ぎっしりと人で埋まっていた。気の早い客が、桝席を仕切る横木に手をついて伸びあがり、緞帳に向かって大声で贔屓役者の名を呼ばわっている。朝の六ツ半（午前七時）前だというのに、もう酒が入っている客もちらほら見えた。

「もうちょっとだけ、花道に近い席なら良かったんだけど」

おたみは、桝三つ分向こうの花道に目をやった。その際《きわ》の席なら、目の前で花道を歩く役者が見られ、直《じか》に声もかけられる。無論、そんな席は舞台前と同じく取り合いになる。そこに陣取る幸運な客たちは、早くも花道に乗り出さんばかりに気勢を上げている。

目を上に転じれば、平土間を囲むように配された桟敷《さじき》席も、既に一杯なのが見て取れる。平土間より少し高くなった下桟敷と、二階の上桟敷の二層になっていて、大店《おおだな》の一家、武家の奥方や奥女中といった面々が席を埋めていた。皆、金持ちらしく着飾ってはいるが、始まる芝居にわくわくした様子は、平土間の連中と全く変わらない。

「でも、いっぺんでいいから桟敷席で見物してみたいわねえ」

お美羽の視線を追ったおたみが、羨ましそうに言った。桟敷席は芝居茶屋を通さないと買えず、料理代やら酒代やらも加わるので、一両二分か二両は用意しなくてはならない。中くらいの金物屋の娘であるおたみや、長屋の大家の娘であるお美羽には、手が出なかった。今座っている平土間でも、銀十五匁《もんめ》（一両の四分の一）するのだ。これでもちょっとした贅沢で、長屋に住んでいる人たちは、一幕だけの立ち見がせいぜいだった。それなら二十文くらいだ。現に今も立ち見の客が、狭い木戸からなおも入ろうとして揉《も》み合っていた。

「ねえおたみちゃん、確か来月にも、河原崎座で仮名手本忠臣蔵、演《や》るんだよね」

お美羽が聞いた。森田座はこれで二度目か三度目だが、金繰りに目途が立たなくなって休演しており、河原崎座が代わって興行することになっている。

「ええ、そうよ。本当はそっちも見たいんだけどね」

さすがにおたみも二月続けて十五匁を出す余裕はないので、残念そうに言った。

「同じ芝居を続けて演って、どっちも大入りになるのかな」

扇座も河原崎座も控櫓だ。本櫓の面子《メンツ》を潰さないためにも、確実に稼げるようにすべきなのでは、と変な心配をしたのである。おたみは、素人が何を、という顔で答えた。

「忠臣蔵みたいな人気の演目なら、そんな心配ないよ。むしろ、お金のある人は見比べてみようと両方に足を運ぶでしょう。それが粋なんじゃない」

おたみは、私も大店に生まれてたら、と溜息をつく。お美羽は、そんなもんかなあとくすくす笑った。

そのときである。お美羽の耳が、人々のざわめきとは違う、何かを捉えた。木が軋《きし》んだような、何かが割れたような、一瞬の響き。いや、そんな気がした、というだけかもしれない。隣のおたみは、全く気付いていないようだ。

　お美羽は、音がしたと思われる右の方を向いてみた。桝二つ分ほど向こうは、桟敷席である。緞帳の方を見ながら連れと喋り続けているお内儀《かみ》。飲み食いを始めている旦那衆。何も変わったところはない……はずだったが、お美羽の目に、気になるものが映った。三、四人だが、笑みを消し、怪訝《けげん》な表情を浮かべている。一人は、落ち着かなげに床を向いたまま左右に首を振っている。何だろう。もしや、お美羽と同じ音を聞いたのだろうか。

　小者が舞台袖に出て来て、大声で口上を述べた。これから、座元と主だった役者が、初日の挨拶に出ると言う。歓声が上がり、お美羽の注意もそちらに向いた。小者が引っ込むとすぐ、拍子木が打たれ、座元が姿を現した。続いて、大星由良助《おおぼしゆらのすけ》と塩冶判官、高師直《こうのもろのう》の舞台衣装を着けた役者たちが、緞帳の前にゆっくりと進み出る。客たちから、やんやの喝采が起きた。

　座元が深々と一礼した。息を吸い込み、最初のひと言を口にしようとした刹那である。右の桟敷席から、大声が上がった。役者への掛け声ではない。悲鳴と、怒声と、驚愕。それが無秩序に入り混じった声。お美羽もおたみも、他の客たちも、一斉にそちらを向いた。その目の前で、上桟敷の一角が、数十人の客を乗せたまま崩れ落ちた。

お美羽はしばらくしてから、起こったことを思い出して順に組み立ててみた。声のした桟敷席の方を向くと、並んだ客の列が凹んだように見えた。それから桟敷席の床材が折れたように落下し、客たちが下桟敷に雪崩《なだ》れ落ちた。下桟敷にいた人たちは、逃げる間もなく巻き込まれ、上桟敷の床材と客の下敷きになった。上桟敷の客のうち、前の方にいた人たちは、下桟敷の柵を越えて平土間の方にまで転がり込んだ。もうもうと埃が立ち上る中、大勢の悲鳴が重なり合って聞こえた。

並べてみると長いようだが、全ては瞬きする間に起こった。満員の客は、総立ちになり、芝居小屋全部が崩れるとでも思ったのか、外へ逃げようとする客と、怪我人を助けに行こうとする客で、平土間は大混乱だ。桝席の仕切りに足を取られて転ぶ者も、一人や二人ではない。慌てるなとか、落ち着けとか叫ぶ声も聞こえるが、効果はないようだ。

「ちょっとおたみちゃん、しっかりして」

お美羽は立ち上がったまま呆然としている友の肩を摑んだ。おたみは、はっとしたように振り返る。

「お美羽さん、これ、いったいどうなったの」

「何でだかわかんないけど、桟敷席が落ちたのよ。ぼうっとしてたら押し潰されちゃう。とにかく、一度外に出ましょう」

おたみは半ば震えながら頷き、お美羽に従って歩き出した。舞台の方では、座元が気を取り直したらしく、慌てずに外へ出るよう懸命に叫んでいる。こんなときの手筈は教え込まれていたのだろう、座の小者たちが動き回り、出入口の木戸だけでなく、表の間口の障子戸を全て取り払っている。お美羽とおたみは、何百人という人々に揉まれながら、しっかり手を取り合って、明るい日の光の下へ出て行った。

表通りは、扇座から逃げ出した人々と野次馬で、身動きも難しいほどになっていた。ちょうど皆が仕事に出かける時分で、人通りが多かったせいもあり、町中が騒然としている。何だなんだ、何が起きたんだと尋ねる声が、あちこちから聞こえた。

「おーい、怪我人がいるんだ。医者を呼んでくれ」

誰かが扇座の間口の辺りで叫んでいる。何人か、その声に応えて走り出したようだが、詳しい様子はわからない。

「怪我した人、たくさんいるのかな」

通りに出て少し安堵したらしいおたみが、心配そうに言った。

「わかんないけど、桟敷席は上も下もぎっしりだったからねえ。十人や二十人の怪我じゃ、済まないかも」

「うわあ、大変」

おたみが青ざめる。もっと桟敷寄りのところに座っていたら、自分たちも巻き込まれたかもしれないのだ。周りでは、怪我人を気遣う声以外に、席の代金は返してもらえるのか、などといった声も上がっていた。気持ちはわかるが、扇座も今はそれどころではないだろう。

「ど、どうするお美羽さん。帰った方がいいかな」

「もちろんよ。とにかく、ひとまずここを離れよう」

奉行所から役人が来て騒ぎを鎮めるまで、まだしばらくかかるだろう。殺気立っている連中もいるようだし、噂が耳に届けば家の者が心配する。取り敢えず家に帰った方がいい。お美羽は年下の友の肩を抱くようにして元町を出ると、両国橋を目指した。

おたみを大川の向こうの米沢町《よねざわちょう》にある家まで送って、自分の家である北森下町《きたもりしたちょう》の入舟《いりふね》長屋に帰りついたときは、もう五ツ（午前八時）近くになっていた。お美羽の父である長屋の大家、欽兵衛《きんべえ》は、お美羽の顔を見るなり大きく安堵の息を吐いた。

「やれやれ、無事で良かった。これ以上遅かったら、捜しに行こうかと思ってたところだ」

扇座の騒動が入舟長屋まで伝わってから、四半刻（約三十分）というところだろうか。欽兵衛は相当気を揉んだらしい。母が亡くなり、妹も嫁に行って今は父一人子一人の家だから、無理もないことだった。

「ごめん、おたみちゃんを家まで送ってたのよ。私もおたみちゃんも、怪我も何もないから安心して」

「そうか。まあ、火事だったらもっと大変だったが、それにしても桟敷が崩れたとはびっくりだねえ」

満員の芝居小屋で火が出たら、それこそ阿鼻叫喚だ。しかも、ああいう建物は燃えやすい。それで芝居小屋は蠟燭《ろうそく》などの火を使うことを許されず、日暮れの後は興行できないため、朝早くから開けるのである。お美羽も明け六ツ（午前六時）に扇座に行く約束をおたみとしていたため、今朝は暗いうちから家の用事を片付けておいたのだが、すっかり台無しだ。

「ああ、変にくたびれちゃった」

ほっとして気が抜けたお美羽は、畳にぺたんと腰を落とした。欽兵衛も、向き合って座る。

「桟敷席が崩れたって話だが、お前、それを見てたのかい」

「ええ。目の前で起きたのよ。腰が抜けそうだったわ」

「床が落ちるとか、そんな様子かね。どんな具合だった」

お美羽たちが無事で安心すると、野次馬根性が頭をもたげてきたようだ。しょうがないな、とお美羽は内心で苦笑いしつつ、見たままの一部始終を話した。

「うーん、まさか自分の座っている桟敷がそんなことになるなんて、誰も考えやしないだろう。まったく、どんな災難があるかわからないもんだねえ」

聞き終えた欽兵衛は、身震いした。

「死人は出なかったらしいが、大怪我をした人もいなければいいんだが」

「そうねえ……」

ただ二階から落ちただけでも、打ち所が悪ければ大怪我になる。あれだけの人数が塊になって落ちたのだ。折り重なった人の重みで手足の骨を折った人はいるだろう。桟敷席には着飾った娘さんもたくさん見えた。嫁入りに差し障りが出るような怪我をしていなければいいのだが。

「しかし扇座さんも大変だな。せっかく建て替えをしたばかりなのに」

「そうね、新しい建物だったのにあんな……」

言いかけて、二人は同時にはっと気が付き、顔を見合わせた。

「お父《と》っつぁん、あの普請って、うちの……」

「そ、そうだった。うちの長屋の和助《わすけ》が関わってるんだ」

和助は、入舟長屋に四年前から住んでいる大工だ。年は二十四、真面目で腕がいいと評判で、店賃もきちんと払っている。つい三月ほど前には嫁も貰っていた。

その和助の親方の杢兵衛《もくべえ》が扇座の建て替えを請け負い、和助も加わって無事にその仕事を終えたという話を、先頃聞いていたのだ。目の前で起きたことで頭が一杯になり、すっかり忘れていた。

「大変だわ。和助さんはどうしてるの」

「どうしてるって……あっ、そうか。さっき扇座のことを知らせに来た人は、私じゃなくて和助に、だったんだ」

まったくもう。わざわざ欽兵衛に知らせに来る人がいるものか。欽兵衛は生来ののんびり屋で、どうも勘が鈍い。放っておくと仕事もはかどらないので、この長屋を切り回しているのは、実はお美羽なのだった。

「ちょっと行ってみる」

お美羽は縁側から下駄をつっかけて飛び出すと、長屋へ駆け込んだ。井戸端で洗濯していたおかみさんたちが、顔を上げる。

「あ、お美羽さん、和助さんが……」

そう声をかけてくるのに手を振り、お美羽は和助の住まいの戸を叩いた。

「和助さん、あの……」

言いかけたところでさっと戸が開き、和助の女房、お糸《いと》が出て来た。年は十九で、すっきりした顔立ちをしており、長屋のおかみさんたちにも気立てがいい子だと可愛がられている。だが今、その顔はひどく青ざめていた。

「ああお美羽さん、どうしよう。うちの人、ついさっき親方に呼ばれて……扇座の桟敷が壊れて、大勢怪我人が出てるって……もう私、どうしていいか」

お糸はすっかり取り乱し、何をどう言っていいかもわからないようだ。お美羽は中に入って後ろ手に戸を閉めると、お糸の手を取ってぎゅっと握った。

「しっかりして。まず、扇座のことが和助さんの仕事とどう関わっているのか、それを聞かないと。いろんなことが明らかになるまで、騒ぎ立てちゃ駄目よ」

つい先刻、扇座で桟敷が崩れるのを目の当たりにしたことは、言わずにおいた。

お糸は涙目で、お美羽の手を握り返して頷いた。

「ええ、ええ、そうよね。女房の私がしっかりしなくちゃ。もう子供じゃないんだもの」

少し落ち着いたらしく、お糸は心配かけて済みませんと、健気に言った。お美羽は握った手をほどき、お糸の肩を撫でてやった。

「和助さんは、杢兵衛親方のところに行ったのね」

「はい。知らせがあったときは和助さん、本当に驚いてて。血相変えて走って行きました。親方のところには、じきにお役人から呼び出しがあるだろうって。和助さんもお役人に呼ばれるのかしら」

お糸は話の中で、和助のことを「うちの人」と言ったり、「和助さん」と言ったりしている。この辺り、いかにも新妻らしいと微笑みたいところだが、今はそんな気分ではない。

「和助さんが扇座の普請に入ってたのは、間違いないのね」

「はい。大きな小屋だから、親方のところは総掛かりで。和助さん、初めて大事なところを任されたって、すごく張り切って。仕上がりも、親方にいい出来具合だと言ってもらえたそうで、とっても喜んでたのに。こけら落としの興行の間に、一度扇座さんに平土間を融通してもらって、一緒に見に行こうなんて言ってくれて……」

そこでまたお糸が涙目になってきたので、お美羽は慌てて肩を叩いた。

「ほらほら、そんな暗い顔しないで。大丈夫だから」

和助が扇座の普請のどこを受け持ったか知りたかったが、ちょっとここでは聞きづらい。万一、桟敷席を受け持っていたら、どう言葉を返せばいいのかわからない。

「ごめんなさい。何だかもう、心配で」

お糸の声がか細くなった。お美羽は、このままでは気の毒だと思い始めていた。

「じゃあ、私がちょっと杢兵衛親方のところに行って、様子を見て来るから」

「えっ、お美羽さんが」

お糸が驚いたように言う。お美羽は、気にしないでと手を振った。

「お節介かもしれないけど、気になるじゃない。だから、待ってて」

「は……はい、お願いします」

畳に手をつくお糸を後に残し、お美羽は急ぎ足で長屋を出た。杢兵衛の家は本所林町《はやしちょう》の四丁目。入舟長屋から六町半（一町＝約百九メートル）、ほんのひとっ走りだ。

近付いてみると、杢兵衛の家は騒然としていた。無理もない。職人が慌ただしく出たり入ったりしており、駆け込んで来る者もいて、誰もが険しい表情を浮かべている。どうにも近寄り難い気配だ。しかし、ここで背を向けてはお糸に申し訳ない。

少し躊躇《ためら》っていると、派手な法被《はっぴ》を着た男がお美羽を追い越し、杢兵衛の戸口に顔を突っ込んで呼ばわった。

「おおい、ご免よ。杢兵衛さんはいるかい。ちょいと話を聞きてえんだが」

途端に、目を怒らせた二十一、二くらいの若い職人がぬっと顔を突き出し、相手を睨みつけた。

「何だいお前さんは」

法被の男は怯《ひる》むでもなく、ニヤッとして言った。

「俺ァ、真泉堂《しんせんどう》ってぇ読売屋のもんだがね。こっちの杢兵衛さんが扇座の普請をやったって聞いてね。今朝、桟敷が崩れて怪我人がどっさり出た一件で……」

終《しま》いまで言い終わらないうちに、職人が法被男の胸ぐらを摑んだ。

「ンだとこの野郎。読売屋が何を書こうってんだ。俺たちのヘマに仕立て上げる気だな」

「おい、痛《いて》えじゃねえか。俺ァ話を聞きてえって言ってるだけだぜ」

「こっちは取り込み中だ。見てわからねえのか。とっとと帰りな」

「帰れだと。いいのかい、そんなこと言って。話が聞けねえなら、こっちで勝手に書くまでさ。構わねえんだな」

そのひと言で、職人の辛抱が切れたようだ。胸ぐらだけでなく二の腕も摑むと、あっという間に投げ飛ばした。法被男は、無様に往来に転がった。

「ああッ、畜生め、やりやがったな」

起き上がろうとするところを、いつの間に用意したのか、職人が桶に汲んだ水を頭からぶっかけた。

「うわっ。くそっ、覚えてろよ。そっちがその気なら、ボロカスに書いてやる。何を書かれても、お前らのせいだからな」

びしょ濡れになった法被男は、よろめきながら立ち上がると、捨て台詞《ぜりふ》を残して一目散に駆け去った。その背中に、職人が「おととい来やがれ！」と怒鳴った。

お美羽は半ば唖然としてこの成り行きを見ていたが、引っ込もうとする職人と目が合った。職人が、何だという目付きで睨んでくる。お美羽は意を決して、声をかけた。

「あの、ご免下さい。親方か、和助さんはおられますか」

「誰だ、あんたは」

職人はお美羽をじろじろとねめつけている。まさか読売屋のように投げ飛ばされはしないだろう、と気を落ち着かせ、丁寧に言った。

「和助さんが住まっている、入舟長屋の大家の娘で、美羽といいます。和助さんはこちらに」

「ああ、そうかい。和助兄ぃんところの」

職人の肩から力が抜け、目付きが穏やかになった。お美羽は胸を撫で下ろした。

「和助兄ぃなら、親方と一緒に扇座に行ってるぜ」

ああ、そうか。普請をやった大工が、なぜ崩れたか確かめようとするのはもっともだ。

「ありがとうございます。そちらへ行ってみます」

「え、あっちへ出向くのかい」

職人が顔を曇らせる。

「あっちはまだ、ごった返してるぜ。若い娘さんが行くのは、危ねえかも」

「ご心配ありがとうございます。でも私、今朝のあのとき、扇座にいたんですよ」

「え、あんたも扇座に？　じゃあ、崩れるところに居合わせたのかい」

「ええ。幸い無事でしたけど。なので、私も気になるんです」

お美羽は目を丸くしている職人に、大丈夫ですからと礼を言い、本所元町に向かった。正直、もう一度あの場を目にするのは恐ろしい。だがお美羽はお糸の顔を思い出し、気合を入れるように足を踏ん張った。

二

あれから二刻（約四時間）ほど経っていたが、扇座の前に集まる野次馬は、界隈を埋め尽くす勢いだった。まさに黒山の人だかりだ。江戸っ子にとって、芝居は最大の楽しみの一つで、その芝居小屋の一つが満員の客の前で壊れたというのだから、耳目が集まるのは当然だろう。

お美羽はどうにか身を割り込ませ、扇座の正面が見えるところまで出た。表は全ての戸が開け放たれたままだったが、建物自体の傷は見えない。つい二刻前にここから必死に逃げ出したのが、夢の中の話だったような気がする。

戸口の前には六尺棒を持った奉行所の小者が五人ばかり、誰も近付けないよう見張っていた。今は役人が中で検分の最中なのだろう。杢兵衛と和助は中にいるのか、姿が見えない。

じっと扇座を見つめていると、周りの声が耳に入ってきた。

「新築のこけら落としだったんだろ。それが崩れるなんて、おかしいじゃねえか」

「そうともさ。桟敷で相撲取りの集まりでもあったのかねえ」

「馬鹿言え。幾ら体の重い客が集まったって、まともに建ててりゃそんくらいで崩れるもんか。こいつァ、普請した大工の腕が余程悪かったのかもな」

「いや、腕が悪いってより、普請に手ぇ抜いたんじゃねえか。材木代とか手間賃を、誤魔化してたのかもしれねえぜ」

みんな口々に、好き勝手な噂をし合っている。何よ、他人事《ひとごと》だと思っていい加減なことばっかり。お美羽は腹立たしくなってきた。だが落ち着いて考えれば、別段桟敷席に無理な重みがかかった様子もない以上、大工の仕事が疑われるのは仕方がない。これは和助さんたちにとって、厄介なことになるな……。

そんなことを考えていると、本来の出入口である鼠木戸《ねずみきど》から、羽織姿の五十くらいの男が出て来た。顔に見覚えがある。座元の扇清左衛門《せいざえもん》に間違いない。僅かの間に、かなり憔悴したように見える。舞台挨拶をしようとした目の前で、あんな災難が起きたのだから、衝撃は大きかったろう。

清左衛門の後から、黒羽織の八丁堀《はっちょうぼり》同心が現れた。その顔を見て、お美羽は顔を綻《ほころ》ばせた。以前からよく知っている、北町奉行所の青木寛吾《あおきかんご》だ。お美羽はその性分から、いろいろな捕物に首を突っ込んで父の欽兵衛をはらはらさせているが、青木とはそうした縁で関わりができ、時には捕物を手伝うような格好になったりしている。青木は生真面目で公正な役人だから、彼が扇座の一件を扱うなら、望ましいことだ。うまく持ちかければ、詳しい話を聞けるかもしれない。

青木と清左衛門は、表口に立ってあれこれと話を始めた。青木の問いに、清左衛門が恐縮しながら答えているようだ。何度も戸口を指しているところをみると、客がどうやって外へ逃げたかを確かめているのだろう。

一通り話を終え、青木は野次馬たちをさっと一瞥《いちべつ》すると、すぐ背を向けて木戸を入った。一同の注目を浴びた清左衛門は、居住まいを正して深々と腰を折り、青木に続いて木戸に消えた。中の検分はまだしばらく続くようだ。

お美羽はそうっと人垣から抜け出し、脇の路地に入った。裏側から様子を窺《うかが》えないかと思ったのだ。だが、裏へ回るとそこにも野次馬がたむろしていて、肩越しに覗いたところ、裏路地に小者が立って通行を止めていた。これでは近寄れない。それに芝居小屋の裏手は役者たちの部屋で、大きな窓や出入口はなく、高い位置にある小窓も障子が閉めきられ、中を見ることはできそうにない。

もともと、裏手の役者の控え部屋は、贔屓役者を追いかけるおたみのような芝居好きが、覗き見ることができないように作られている。やっぱり裏手からは無理だ、と悟ったお美羽は、別の手を考えることにした。


日が天頂にかかり、だいぶ暑くなってきた。集まった野次馬の着物にも汗が染み始め、さすがにそうそう長く油を売ってもいられないらしく、次第に引き上げて行く。

九ツ（正午）を過ぎても、お美羽はその場を去らずにいた。人混みがまばらになったので、お美羽が立っている木陰からも、十間《けん》（一間＝約一・八メートル）余り先の扇座の表がよく見通せる。今日は一日芝居見物のつもりだったので、長屋の仕事や欽兵衛の昼餉《ひるげ》などは段取りしてあったが、お美羽自身の腹が鳴り始めていた。

後どのくらい待とうか、と思案していたとき、木戸から青木がまた姿を見せた。木戸の前に立った青木は左右を見渡し、野次馬の大方が引き上げているのを確かめたのか、満足したように軽く頷いた。

青木は、続いて出て来た清左衛門に、小声で何か言っている。清左衛門はわかりましたというように深々と頭を下げた。さらに中から、この界隈の岡っ引きらしい中年の男と、小者が二人ばかり出て来る。青木はその連中に顎で何やら指図してから、表の張り番に立っている小者たちに、「今日一杯、誰も入れねえよう見張っておけ」と大声で命じた。小者たちが一斉に、「へい、承知しやした」と背筋を伸ばした。

青木は扇座にもう一瞥をくれると、さっと羽織を翻して歩き出した。岡っ引きと小者が後を追う。清左衛門は、体を二つ折りにして見送った。杢兵衛と和助は出て来る様子がない。まだ中で調べ事をしているのだろうか。お美羽は木陰を出て、青木の後を追った。

両国橋の手前で、青木に追い付いた。

「あの、青木様、青木様」

青木と岡っ引きたちが、揃って振り向いた。岡っ引きが目を怒らせる。

「何だい、あんたは。旦那はお忙しいんだ」

追い払おうとする岡っ引きを、青木が制した。

「知り合いだ。構わん」

岡っ引きは、おとなしく下がった。青木が前に出て、見下ろすように睨んでくる。

「お美羽か。大工の和助はお前のところの店子《たなこ》だな。さては、それでまた首を突っ込もうって算段か」

これまでに何度か捕物に関わったことで、青木はお美羽が役に立つことを充分に知っているはずだ。それでも今は、余計なことをするなと言いたそうな気配だった。

お美羽は急いで言う。

「いえ、それもあるんですが、実は私、今朝のあのとき、扇座の平土間にいたんです」

「何、お前あの場にいたのか」

青木の眉が上がった。

「それじゃあ、桟敷が崩れるところを見ていたんだな」

「はい。それは恐ろしいことでございました」

お美羽はまた身震いしそうになった。青木はそんな様子を見て、そうかと頷いた。

「よし、ちょいと話を聞かせてもらおう。おい源吉《げんきち》、お前のところの番屋へ行くぞ」

青木は岡っ引きに声をかけると、両国橋に背を向け、東側の小泉町《こいずみちょう》の方へ歩き出した。

「ふうん、なるほど。崩れかけた最初は、見てねえんだな」

小泉町の番屋でお美羽の話を一通り聞いた青木は、腕組みしながら言った。

「はい。叫び声が上がるまでは、舞台の方を向いてましたので」

「声で驚いてそっちを見たら、上桟敷が沈み込むようにして、あっという間に落ちてきた、と。それで間違いねえな」

「はい。その通りです。瞬きする間に人が折り重なって……」

言ってからまたあの光景を思い出し、顔が引きつった。

「わかった。他に十人ほどから話を聞いたが、お前の話と食い違いはねえ」

青木は仏頂面だった。その点に関して、目新しい話はなかったということだ。

「あの、怪我した人は大勢いたんですか」

一番心配なことを聞いてみる。青木は隠すことなく答えてくれた。

「腕や足、あばらの骨を折ったのが十一人。崩れた材木が当たって頭に大怪我したのが二人。手足を挫《くじ》いたり、切り傷を負ったのがざっと三十四、五人。後は打ち身で青あざを作ったぐらいだ。桟敷の上下合わせて七十五人が巻き込まれた」

「まあ、そんなに……」

お美羽は唇を引き結んだ。自分たちが無事だったのは、紙一重の差だったのかもしれない。

「大入り満員だったんだ。死人も出なかったし、この程度で済んだらましな方だろう」

青木はそう言うが、打ち身程度も合わせると七十人以上もの怪我人が出たのなら、近頃にない大ごとだ。

「いったいどうして、こんなことに……」

お美羽が呟くように言うと、脇に控えていた源吉が怒ったような声を出した。

「それをこれから調べるんじゃねえか。まともな普請をしてりゃ、満員になったぐれえで桟敷が壊れるわけはねえ。きっちり落し前はつけさせるぜ」

源吉は四十手前ぐらい、ずんぐりした体つきだが、目付きは鋭い。青木がこの一件の調べをさせようというなら、そこそこの腕利きなのだろう。だが、最初《はな》から大工の不始末と決めてかかっているようなのは、お美羽の気に入らなかった。

「そう言やァ、あの桟敷席を作った大工の和助ってぇのは、あんたの長屋に住んでるんだな。肩入れしたいってなァわかるが、これだけの怪我人が出てるんだ。成り行きによっちゃ容赦はしねえから、よく覚えといてくれよ」

源吉はお美羽の挑むような目付きに気付いたか、脅すような言い方をした。だがお美羽が気になったのはそのことではない。崩れた桟敷を作ったのが和助だというのは、今初めて聞いた。

「和助さんがあそこを作ったというのは、確かですか」

「ああ、確かだとも。親方の杢兵衛から初めて任された大きな仕事が、それだったのさ」

お美羽は膝に置いた拳を握りしめた。恐れていた通りだったようだ。お糸が知っていたなら、さぞ辛い心持ちでいることだろう。

だけど、とお美羽は思う。和助は、そんないい加減な仕事をする男ではないはずだ。それでも誰もが源吉のように考えるなら、全てが和助のせいにされてしまいかねない。これはじっとしているわけにはいかないわ、とお美羽は改めて思った。

「和助さんは、どうなったんですか」

青木は難しい顔で答える。

「一通り中の有様を見させてから、杢兵衛ともども裏口から出して番屋に留め置いてる。今のところはまだ、大工の不手際と決める証しが揃ってねえからな。あいつら自身も、どうして崩れちまったのか首を捻ってたが、壊れたところを勝手に調べさせるわけにはいかねえ」

和助と杢兵衛が、不手際の証しを隠してしまうとでも言うのだろうか。だが青木の立場からすれば、その用心は仕方あるまい。

「この後、和助はお前のところで大家預かり、ってことになるだろう。お縄にするかどうかは、まだ先の話だ」

「は……はい。わかりました」

当面、すぐにしょっぴかれることはないとわかって、お美羽は少し安堵した。

「さてそれでだ、お前のさっきの話じゃ、崩れる少し前に妙な音を聞いたってことだな」

青木が本題に戻って言った。

「木が軋む音とか、何か割れるような音とか、か」

「あ、ええ、そんな感じです。ぴしっ、とか、ぱきっ、とかそんな風な」

ふうん、と青木が顎を撫でる。

「桟敷席にいた連中の中にも、そういう音を聞いたのが三、四人いる。騒がしかったんで、聞こえたって奴は少ないがな」

お美羽はあの場の光景を思い出した。上桟敷に座っていた客の中に、怪訝そうな顔をしたのが何人かいた。音に気付いたのは、あの人たちだろう。

「桟敷席に組まれていた材木が、折れたんでしょうか」

「当たり前だ。折れたから崩れたんじゃねえか」

源吉が苛立ったように言った。青木が僅かに顔を顰《しか》める。

「まあその通りだが、そう簡単な話でもねえ。何がどういう順番で折れたか、どっかに無理な力がかからなかったか、そういったことを確かめて行かなきゃならねぇんだ。殺しみてぇに下手人を挙げて終わり、てもんじゃねえ」

青木の台詞には、溜息が混じっている。言う通り、殺しなどとは勝手が違って、こういう入り組んだ調べは不得手なのだろう。

「とにかく、だ。和助が家に戻ったら、しっかり見張っとくんだぞ。お美羽、店子のことだからって、またぞろ嘴《くちばし》を突っ込もうなんて考えるんじゃねえぞ」

「いえ、滅相もない。身は慎んでおきます」

そうは言ったが、青木もお美羽がどうせ何かやらかす気だろうと承知している。声音に混じった妙な調子に気付いたのか、源吉が禅問答を聞いたような顔をした。

日暮れ前、青木から呼び出しがあった。欽兵衛に回向院《えこういん》門前の番屋まで出向くように、とのことだ。和助は大家預かりにする、と青木が言っていた通りになったので、引き取りに来いというわけだろう。

ちょうどその場には、入舟長屋に出入りして修繕を請け負っている大工の甚平《じんぺい》が来ていた。同じ大工仲間で、杢兵衛や和助とも顔見知りなのだ。和助も、住んでいるとはいえ、古くから出入りしている甚平を差し置いて長屋の仕事をすることはなかった。

「まいったなァ。杢兵衛さんも和助も、大変だな」

甚平が溜息をついてから言うと、欽兵衛も「本当だよ」と肩を落とす。

「八丁堀は、和助を疑ったままってことか。あれだけの怪我人が出たんじゃ、八丁堀も面子があるからな。ちょっとまずいんじゃねえか」

「どう思う。やっぱり和助の不始末なのかい」

甚平に不吉なことを言われた欽兵衛はおろおろした様子で、お美羽に聞いた。

「私だって、わかんないわよ。でも、和助さんがそんないい加減な仕事をする人じゃないって、お父っつぁんも甚平さんもわかってるでしょう」

「うーん、そりゃあそうだが……現に桟敷が壊れたんだから。お前だって、危ないところだったんだろう」

気を静めて思い出せば、崩れた桟敷とお美羽たちが座っていた場所とは、七間くらいは離れていた。危なかったというほど近くではない。それで今はずいぶんと落ち着いて、和助の置かれた立場を思いやることができるのだが、欽兵衛にそれを言っても始まらない。

「とにかくこうして無事なんだから、今は和助さんの心配が先よ。ほら、早く行ってあげて。私はお糸さんと待ってるから」

わかったわかったと言う欽兵衛の背を、押すようにして送り出し、お美羽はお糸を呼びに行った。甚平はそれを潮に、杢兵衛を見舞うと言って長屋を出た。

「お糸さん、入るわよ」

そう声をかけて戸を開けてみると、お糸は一人ではなかった。長屋の細工物職人、栄吉《えいきち》と女房のお喜代《きよ》、浪人の山際辰之助《やまぎわたつのすけ》が、お糸を囲むように座っていた。

「ああ、お美羽さんか。その後、和助のことは聞いているか」

お美羽に顔を向けた山際が尋ねた。お美羽はちょっとだけ、どぎまぎした。山際は端整な顔立ちで品も良く、最初に一人で入舟長屋に越してきたとき、お美羽はすっかり惹かれてしまったのだ。だが山際には妻子がいるとわかり、お美羽の恋心はあっけなく散る次第となった。生計の目途が立った山際は妻の千江《ちえ》と娘の香奈江《かなえ》を呼び寄せ、今は仲睦まじく暮らしている。

「え、ええ。つい今しがた、お役人から呼び出しがありました。お父っつぁんが迎えに」

「そうなの。じゃあ、お縄になったんじゃないんだね」

お喜代が勢い込んで聞くのに頷きを返すと、お糸が大きく安堵の息を吐いた。

「ああ、良かった。うちの人、帰って来るんですね」

「四半刻もすれば戻るわ。だからもう心配しないで」

はい、と俯くお糸の目には、涙が浮かんでいる。顔色はまだ青く、台所が綺麗なままなのを見ると、昼餉も喉を通らなかったのだろう。お美羽は自分より二つ下の新妻の胸の内を思って、気の毒になった。

「てことは、もう無罪放免かい」

栄吉が聞いた。お美羽は躊躇いがちにかぶりを振る。

「当面は大家預かり、ってことなの。まだお調べは当分続くと思う」

「そうか。それじゃあ、杢兵衛さんも和助も、しばらく仕事はできねえな」

栄吉は考え込むように腕組みをする。職こそ違え、和助を弟分のように思って気遣っているのだ。

「お美羽さんは、桟敷が崩れるところを見ていたって聞きましたけど……」

お糸が上目遣いに、おずおずと聞いた。お美羽が何度も捕物に首を突っ込んで、長屋の人たちを助けたことは、住人の皆が知っている。何か考えがないかと期待したようだが、今はお美羽もこれといったものを持ち合わせていない。

「うん。確かに見てたんだけど、どうして崩れたかとか、そういうのはさっぱり」

そうですか、ご免なさい、とお糸はまた俯いた。

「ただ……上桟敷を支えていた材木が折れたのは、間違いないみたい」

「支えていた材木？　梁《はり》が折れたというのか」

山際が確かめるように聞いた。

「扇座は普請を終えてひと月かそこらだろう。初めから木が傷んでいたのでない限り、折れたりはしないと思うが」

「さあ。私は大工仕事のことはよくわからないので」

お美羽が首を傾げると、お糸が強く首を振った。

「和助さんが、傷んでる木を見過ごして使うなんてこと、絶対ないと思います」

自分は亭主の仕事を信じている、と目が強く訴えていた。一同が、はっとしたように揃って肯《がえ》んじた。

「そうともさ。材を確かめるなんざ、大工に限らず職人のイロハのイだ。和助がそんなドジを踏むもんか」

栄吉が、当然とばかりに言った。この長屋では、誰もが和助の味方なのだ。お糸もそれを感じ取ったか、また涙目になった。


暮れ六つ（午後六時）の鐘が鳴ってすぐ、欽兵衛が和助を伴って帰って来た。お美羽はすぐにお糸を連れ、自分の家に戻って出迎えた。

「お父っつぁん、お疲れ様。和助さん、お帰りなさい」

お美羽とお糸が揃って畳に手をつくと、和助は困ったように頭を搔いた。

「いやあ、お美羽さんにも心配かけちまって、申し訳ねえ。ほらほらお糸、そんなに不景気な顔するなって。お縄になったわけじゃなし、こうして五体満足、ちゃんと帰って来たんだから」

和助は笑みを浮かべ、お糸の肩を叩く。お糸は、「そうだね、うん」と言ったきり、声を詰まらせた。和助は俯くお糸の背を、優しく撫でた。

「しかし、その、これでしばらく仕事ができねえんで、実入りがなくなっちまって。大家さん、お美羽さん、済まねえが店賃の方、しばらく待っちゃもらえやせんか」

和助は拝むような仕草で、殊更《ことさら》に明るい声を出した。お美羽はつい、「それどころでは」と言いかけたが、和助がお糸を元気づけるように振舞っていると気付き、調子を合わせた。

「うーん、しょうがないなあ。待ってあげるから、仕事が回るようになったらきちんと払ってね」

「へいへい、そりゃもう」

和助は揉み手をするようにして、笑いながら頭を下げた。それを見て、お糸も少し気が軽くなったようだ。

「さあ和助さん、今日は一日振り回されて疲れたでしょう。話は改めて聞くから、今晩はゆっくり休んで下さいな」

「へい、ありがとうございやす。そいじゃ、あっしらはこれで」

和助とお糸は、並んで丁寧に頭を下げると、表口から自分たちの住まいに帰って行った。

　二人が帰ってから、お美羽は真顔になって欽兵衛と向き合った。

「それでお父っつぁん、どうだったの」

「うん。どうもこうも、青木様からは何も聞けなかったよ」

「そりゃあそうでしょうね」

　青木からは、昼に会ったときお美羽が聞けるだけ聞き出していた。欽兵衛に、また出過ぎたことをと叱られそうなので、それについては言わずにおく。

「和助さんは、何か言ってた？　扇座の中に入って、崩れ具合を調べたんでしょう」

「いやそれが、崩れたところは見せてもらったものの、近寄って触れることはさせてもらえなかったそうだ。それほど明るい場所じゃないし、離れたところから見ても、何がどうしてあんなことになったのか、何とも言えないとさ」

　やっぱりそうか、とお美羽は唇を噛んだ。

「青木様には、明日、他の大工に調べさせると言われたそうだ」

直に関わっていない他所《よそ》の大工に、曇りのない目で見させようというわけか。和助と杢兵衛にとっては歯痒《はがゆ》いだろうし、恥にもなることだが、確かにお調べとしては公平だ。

「他の大工って、誰かしらね」

甚平なら有難いが、そう都合良くはいくまい。

「さあねえ。御奉行所か青木様の方で心当たりに声をかけるんだろう。でもその大工も、いろいろ大変だろうねぇ」

欽兵衛は眉根を寄せた。いろいろ大変、という意味は、お美羽にもわかった。調べに当たる大工は、もし普請の不手際を見つけた場合、大工仲間を罪に落とすことになる。それは気が重いだろう。

「まあ私だって、杢兵衛親方と和助の普請に拙《まず》いところがあったとは思わないが」

欽兵衛は、敢えて自分を得心させるかのように言った。

翌日、朝餉を終えた頃、和助とお糸が改めて挨拶に来た。

「昨日は本当にお世話をおかけしやして、相済みません」

若夫婦が恐縮しきった様子で畳に額をつけるのを、まあまあいいからと起こしてやる。お美羽は茶を出して、もう一度昨日の調べの様子を聞いてみた。だが、欽兵衛から聞いていた以上のことは、和助の話に出てこなかった。

「青木様は、何もお考えを漏らしてないのね」

「へい。どうも口数が少ないお方のようで」

口数が少ない、というより、堅物なので余計なことは口にしないのだ。

「旦那が詳しく聞きなすったのは、普請の手順です。何せその辺の家とは違って、あれだけ手の込んだでかい建物ですからね。どこから作っていくのか、桟敷や土間の造作はどうやるのか、この柱はどんな木を使ってるのか、とか、知りたいことは一杯あったようで」

「そうなんだ……じゃあ私も念のため聞くけど、まさか柱や梁が細過ぎた、なんてことはないよね」

欽兵衛が、「これ、何を言うんだ」と慌てた。お美羽も半ばは軽口で言ったのだが、そこで「おや?」と訝《いぶか》しんだ。和助の目が、一瞬揺らいだ気がしたのだ。

「和助さん、何か気になる?」

「え？　いえ、何も」

和助はいつも通りの声音で答えた。お美羽はもうひと言、加えてみる。

「材木が虫食いになってたり、腐ってたりなんてことも、もちろんないよね」

「と、とんでもねえ。冗談きついですよ」

和助は大仰に顔の前で手を振る。お糸も「まさか」と笑っている。お美羽は、「ごめん、聞き流して」と片手で拝んだ。欽兵衛は、失礼過ぎるとばかりに渋面になっている。だがお美羽は、和助の返事がちょっと早過ぎたような気がした。

いやいや、とお美羽は内心でかぶりを振る。どうも捕物に何度も関わったせいで、近頃疑り深くなってしまったようだ。嫁入り前だというのに、顔つきが役人みたいに険しくなってきたら、どうしよう。

「ところで、座元の清左衛門さんは扇座にずっといるの」

「え？　はあ、そのはずです。住まいは深川常盤町《ふかがわときわちょう》ですが、興行を打っている間は、倅《せがれ》の清四《せいし》郎《ろう》さん共々、小屋で寝泊まりしてやすから。どうしてです？」

「うん、一度お会いしてみようかな、って」

「え、お美羽さんが、ですかい」

和助もお糸も、目を丸くした。欽兵衛は、さらに大きく目を剝いている。

「おいおいお美羽、座元さんに会ってどうするんだ。うちは和助を預かってる大家というだけで、座元さんに挨拶しに行く立場じゃあないよ」

「ええ、でもまあその、私もあの場に居合わせた客の一人だし……」

「まさか芝居を観損ねた落し前をつけろなんて、言いに行くんじゃあるまいね」

「馬鹿なこと言わないで」

お美羽の本音は、清左衛門に頼み込んで崩れた桟敷を詳しく見せてもらうことはできないか、というものだった。和助や杢兵衛が調べられないというのなら、自分が搦手《からめて》から、と思ったのだ。

「なあお美羽、和助が心配なのはわかるが、この一件に自分から首を突っ込むのはやめなさい。今までだってさんざん……」

「はいはい、わかったからもうやめて」

お美羽は苦笑して欽兵衛の小言を止めた。お美羽がこんな風に面倒事に深入りするのは、物事に白黒つけないと気が済まなかった母方の祖父の血を、色濃く引いているせいだ。自分でもほどほどにしなくてはいけないと思うのだが、性分はどうにも変えられない。

「ご挨拶するかどうかはともかくとして、もう一ぺん扇座の様子を見て来るわ。和助さんだって、気になるでしょ」

「はあ、それはまあ」

「じゃあお父っつぁん、昼餉の支度までには戻るからね」

言うが早いか、お美羽は立ち上がり、欽兵衛と和助とお糸が呆気に取られている隙に、表に出た。

三

扇座の表にいた番人はもう引き上げていたが、表間口は組んだ竹ですっかり塞がれていた。幟《のぼり》なども しまわれたものの、役者絵の看板はまだそのまま掲げられ、虚しく通りを見下ろしている。しばし見つめていると、描かれた役者の顔に、興行できなくなった無念さが浮かんでいるような気がしてきた。

通りかかる人は皆、立ち止まっては扇座を指して、ぼそぼそと噂をしている。お美羽はそんな人たちの目を避けて、裏へ回った。裏口までは塞いでいないだろう、と思ったのだ。

裏路地には、さすがに人影はなかった。お美羽は建物を仔細に眺めた。三階の高さがあるので、周りの家々を圧するような重みが感じられた。小ぶりな窓障子はやはり閉まったままで、中は窺い知れない。左右を見ると、両端に木戸があった。叩いて案内を乞うてみようか。しかし、こうして扇座の木戸を前にしてみると、欽兵衛が言ったように、昨日の客だったことと和助の縁だけで清左衛門に会おうというのは、乱暴な気がしてきた。だいたい、会って何を話せばいいのだろう。

勢いで出て来てしまったものの、お美羽はそのまましばらく動けないで突っ立っていた。あれこれ口上を考えてみるが、どうも礼を失せずに相手が得心しそうなものは浮かばない。もっとよく、動き方を頭で練ってから来れば良かった。

そんなことをくどくど考えていると、木戸が内側から開いた。はっとして目を向けると、若い男が二人、木戸を潜って出て来た。一人は羽織姿の町人だが、もう一人は若侍だ。どこかの家中らしく、着ている小袖は綺麗に手入れされている。町人の方は二十三、四、侍の方は二十歳そこそこだろうか。

一歩引いて見ていると、二人が気付いてお美羽の方を見た。途端に、どきりとした。町人の若衆は目元涼しく鼻筋の通ったいい男ぶり。若侍の方は小顔で、女形《おやま》が務まりそうなほどの優男《やさおとこ》。二人して、甲乙つけ難い美形だった。たちまちお美羽の頬が熱くなる。

「どなたでしょう。何かご用ですか。ご承知の通り、只今は取り込んでいるのですが」

町人姿の方が、声をかけてきた。逃げもできず、お美羽は肚《はら》を括って一礼する。

「私は、こちらの普請をいたしました大工の和助さんが住まいます入舟長屋の大家の娘で、美羽と申します。このたびは、和助さんの手がけた桟敷席が崩れたということで、お見舞いがてら様子をお尋ねに参りました次第で」

「和助さんの長屋の、大家さんの？」

相手は眉をひそめた。やはり、この口上では響かなかったか。

「それはわざわざ、恐れ入ります。しかし様子と申しましても、中はまだお調べが続いていて片付けもままならぬ始末、どうかお汲み取りいただきたく」

面倒だから帰ってほしい、と言いたげだ。仕方ないとは思いつつ、お美羽はもうひと押しした。

「実は私、あのとき平土間の方に居合わせまして」

「え、お越しになっていたのですか」

町人の男の態度が変わり、恐縮したように身を屈めた。

「それは、とんだご迷惑をおかけしました。木戸銭につきましては、後々お返し申し上げるか、興行が許されましたら改めてお招き申し上げるか、どちらなりとさせていただきますので」

和助との関わりより、客だったという方が効き目があったようだ。お美羽はひとまずほっとした。

「申し遅れました。私はここの座元の倅で、清四郎と申します」

「まあ、座元さんの。役者さんではないのですね」

「はい、裏方の方を手伝っております」

一座を率いる清左衛門は、もちろん役者であった。その倅でこの年頃、しかもこれほどの顔立ちなら、舞台に立っているのが当然と思ったが、何かわけでもあるのだろうか。

「あの、中の方を拝見することはできますでしょうか」

思い切って言ってみる。青木は調べをするための大工を手配りすると言っていたそうだが、その大工がまだ来ていないなら、中は手つかずだろうと踏んだのだ。

「ご覧になりたい、と言われますか」

清四郎は驚いたような顔をした。自分が危ない目に遭って怪我人も大勢出たような場所をもう一度見たいとは、なんと酔狂なと思ったのだろう。お美羽だって、本音を言えばちょっと怖い。

「ですが……」

清四郎が渋っていると、それまで黙っていた若侍が口を開いた。

「清四郎殿、見てもらったらどうだ」

「え、しかしちゅう……矢倉《やぐら》様」

清四郎は、妙な口籠もりをしてから若侍に困惑顔を向けた。

「中には誰もいないんだし、構わんだろう。この人が平土間から桟敷が崩れるところを見ていたのなら、私も話を聞きたい」

意外な助け舟に、お美羽は「ありがとうございます」と礼を述べた。清四郎はなおも少し躊躇したが、諦めたように「わかりました。どうぞ」と木戸を開いた。

木戸から入ったところは、薄暗い土間だった。一段上がると板敷きの廊下があり、前の方と左手に続いている。

「左手には、衣裳部屋や物置、囃子方《はやしかた》の部屋などがありまして、私が仕事する帳場もあります。そこの階段を上がると二階は女形の控え部屋、三階には立役者の部屋があります」

清四郎は簡単に説明してから、廊下を前に進んだ。後ろからついて行くお美羽は、清四郎が僅かに左足を引き摺っているのに気付いた。怪我か病かはわからないが、清四郎が役者にならなかったのは、そのせいだろう。

廊下は鉤形《かぎがた》に曲がって、表の方へ続いているようだ。途中で脇から下に潜る階段があった。

「これを下りると、舞台の下に行けます。回り舞台の仕掛けなどは、この奥にありますので」

芝居小屋の舞台裏に入るのは初めてなので、お美羽は感心しながら見て行った。

一度ゆっくり見せてもらう機会があればいいのに、などとつい考えてしまう。

「さあ、こちらです」

出て来た場所は、舞台から見て右側になる下桟敷だった。そこに立ってみると、前には平土間が広がっており、手前を花道が真っ直ぐ横切っている。その向こうに反対側の桟敷席が見えた。真ん中辺りは斜めになった材木や割れた板などが折り重なっている。目を下に向けると、自分がおたみと座っていた場所がはっきりわかった。崩れ落ちたときの生々しい光景が甦り、思わず一瞬、目を閉じた。

「大事ないか。気分が悪ければ……」

若侍がお美羽の様子に気付いて言った。容姿に合った優しい声音だ。お美羽は上気しかけて、慌てて手を振った。

「いえいえ、大丈夫です。お気遣いありがとうございます」

「ならばいいが、無理はせずとも良い」

若侍はそこで思い出したように言った。

「まだ名乗っていなかったな。私は、旗本真垣左京《まがきさきよう》の家人で矢倉仲次郎《ちゆうじろう》と申す」

後ろから清四郎が小声で、「左京様は、交代寄合三千石です」と注釈した。へえ、とお美羽は驚く。そんな大身旗本のご家来が、ここで何を。

「あ……はい。あの、失礼ですが矢倉様はどういうご縁でこちらに」

「お美羽さん、それは……」

　要らぬことを聞くなとばかりに、清四郎が割って入った。だが矢倉は、少し考えはしたものの、話してくれた。

「実は私も、あのときこの場におったのだ」

「え、矢倉様も」

「しかも、あの上桟敷にな」

　矢倉は、向かいの桟敷の残骸を目で示した。お美羽は目を見張った。

「お怪我はなかったのですか」

　矢倉は苦い顔になって、目を落とした。

「私は、な。だが、お供をしていた姫が、腕を痛めてしまった」

「まあ……何という」

「幸い、骨が折れるようなことはなかったが、しばらくは腫れて痛むだろう」

　桟敷が崩れたのは矢倉のせいではないとはいえ、供をしていた姫が怪我をしたとなれば、責めを負わねばならないだろう。身を挺して姫が怪我しないよう守れなかったのかと、誹《そし》る向きもあるかもしれない。お美羽は矢倉が気の毒になった。

「殿からは、お前のせいとは言えぬとお言葉をいただいたが、それでは済まぬ。それで、せめて何ゆえにあのようなことが起きたのかだけでも探ろうと思い、ここに参っている」

「左京様の姫様にはご贔屓をいただいており、矢倉様にも日頃大変お世話になっておりまして、手前どもも大変申し訳なく存じております」

清四郎は、恐縮した態《てい》で背を丸めた。

「それで、お美羽殿は平土間から崩れるところを見ていたのだな」

矢倉に「殿」付けで呼ばれ、お美羽は赤くなった。

「は、はい」

「私は座っていた床がいきなり傾いて沈み込むのを感じ、急いで姫を庇おうとしたのだが、何分桟敷席は人がぎっしり詰まっていた。他の客が一斉に転げ落ちてきて、どうすることもできなかった。情けないが、自分でも何が起きたかよくわからない」

矢倉は恥じるように俯く。

「平土間からなら、はっきり起きたことが見えたろう。どうであった」

「はい。確かに見えましたが……」

お美羽は自分が目にしたことを全て語った。なぜそうなったのかは見ていてもわからなかった旨も伝える。

「瞬きする間の出来事で、何があったのかを見極めることなどできませんでした」

「そうか……いや、無理もあるまい。思い出させて済まぬ」

矢倉は残念そうだった。もう少し多くを期待していたようなので、お美羽は何だか申し訳なくなり、清四郎に向かって言った。

「崩れたところ、近くに寄って見ていいですか」

「えっ、はあ……」

清四郎は困った顔をしたが、ここまで来れば同じと思ったようだ。

「物を動かしたりはしないで下さいね」

清四郎は平土間に下り、仕切りの横木を順にまたいで、材木が折り重なったところへ寄った。お美羽と矢倉も続く。

「うわあ……酷《ひど》いですね」

大梁と、屋根を支えている柱は太く頑丈で、びくともしていなかった。だが上桟敷の床を支えていたと思われる角材は、折れて梁から垂れ下がり、その上に張られていた床板が下桟敷に落ちて重なっていた。客が落ちた衝撃で割れたらしい板も、何枚かある。下桟敷と平土間の間の柵になっていた横木も、大勢の人の重みがかかって壊れ、ばらばらになっていた。

よく見ると、板や角材のところどころに、黒ずんだ染みがある。それが怪我をした客の血だと気が付き、お美羽は怖気《おぞけ》を震った。

「お美羽さん、顔が青いですよ。大丈夫ですか」

清四郎が囁く。お美羽は気を取り直し、角材が折れた箇所に目を凝らした。

「あそこで二つに折れたんですね」

「ええ、そのようです」

清四郎が角材を指して応じた。

「たぶん、最初にどこかが折れたことで、他の材に余計な力がかかり、一気に崩れたんじゃないかと思うんですが。でもどこが最初に折れたかは、素人の私には何とも」

それはお美羽とて同じだった。やはり玄人の大工が入念に調べないと、はっきりしたことは判明しないだろう。

「八丁堀の青木様は、信の置けそうな大工を呼ぶとおっしゃってたそうですが」

「ええ。今日中には来ると思います」

「聞きそびれていましたが、座元の清左衛門さんはどちらに」

清四郎の顔が曇った。

「御奉行所から、仔細が定かになるまでは、謹慎しろと言われまして。今は常盤町の家の方でじっとしています」

「そうでしたか……お察しします」

清左衛門としては、一刻も早く何があったか明らかにして、興行を再開したいだろう。だが今のところは、果たしてこの先、扇座に興行が許されるかどうかもわからない。自分では何もできぬままただ待つのは、耐え難いことに違いない。

「なので私が少しでも力になれないかと、こうして焦っているのですが」

清四郎が口惜しそうに言う。お美羽は、和助のためだけでなく、この二人に手を貸したいという思いがどんどん強くなってきた。え？　それは二人がすごい美男だからじゃないかって？　いやまあ、それも違うとは言いませんけど……。

そのとき、桟敷席のすぐ前の平土間の隅に、妙なものがあるのが目に入った。お美羽はそこに近付き、腰を屈めて見つけたものを拾った。

「どうかしたのか」

様子に気付いた矢倉が尋ねた。お美羽は振り向き、手にあるものを見せた。矢倉は怪訝な顔をして、「これが何か？」と問うた。

後ろから覗き込んだ清四郎が言った。

「ごく薄い木の皮だ。鉋屑《かんなくず》じゃないですか」

「うむ。そのようだが、これがどうしたのだ」

首を傾げる矢倉に、お美羽が言った。

「平土間にこんなものがあるって、おかしい気がするんですが」

それを聞いた清四郎も頷いた。

「確かに。初日ですからね。平土間は客を入れる前に丁寧に掃除してます。てことは、崩れたところから飛んだんでしょう。普請したときの残りかな」

「そんなもの、大工が残しておくとは思えませんけど」

「それもそうですが……気にするほどのことなんでしょうか」

三人は鉋屑を見つめて、ただのゴミなのか、それとも何か意味があるのか、と首を傾げた。

そこへ、舞台袖から顔を出した下働きらしい男が声をかけた。

「若旦那、小泉町の親分と、お役人に頼まれたっていう大工が来ましたが」

清四郎は、一座では若旦那と呼ばれているらしい。

「そうか。客間で待ってもらってくれ。すぐ行く」

清四郎は返事をしてから、お美羽に言った。

「言ってた大工が来たようです。目立たないようにお帰り下さい」

「わかりました。ありがとうございました」

お美羽は手にしていた鉋屑を懐に突っ込むと、丁寧に礼を言って、廊下へ戻ろうとした。そこで矢倉も言った。

「私も屋敷に戻る。大工や岡っ引きと顔を合わせるのも、面倒だ」

「そうですね。それじゃあ、また後ほど」

矢倉は清四郎に頷くと、お美羽と一緒に裏手に向かった。大工たちは既に客間に入ったようで、鉢合わせせずに済んだ。二人は下働きに軽く会釈すると、路地に出た。

野次馬の目を引かないよう、少し離れてから表通りに出る。そこでお美羽は、

「本日はいろいろとありがとうございました」と矢倉に頭を下げた。矢倉は、軽く

「うむ」と応じて行きかけてから、少し考える風にして、改めてお美羽に顔を向けた。

「そなた、この一件を追いかけるつもりか」

「えっ」

若侍からの思わぬ問いに、お美羽は言葉に詰まった。矢倉の言う通りだった。このまま役人に任せれば、和助が全部の責めを被せられる。そんな嫌な気がしていたのだ。

「ああ、はい、追いかけるというような大層なことではありませんが、何かこう、得心のいかないこともありまして」

一介の大家の娘がどういうつもりだ、と言われるかも、と思った。だが矢倉は、

お美羽の顔を見つめ、頷いた。

「そうか。私も、得心がいかないところがある。そなたとはまた話をする機会があるやもしれぬ。そのとき、また」

　矢倉はそう言い置くと、身を翻して両国橋の方へ去った。お美羽はしばし、その後ろ姿を見送っていた。また話をする機会、あるだろうか。いや、きっとある。もっと深く、あのお方とは関わりそうな気がする。いつしかお美羽の頰がまた、上気していた。

　そこでふと、鉋屑を懐にしまったままなのを思い出した。懐に手を入れると、まだそこにある。捨てようと引き出しかけた。だが、思い止《とど》まった。ただのゴミだが、何だか捨ててはいけないような気がしたのだ。お美羽は元通り、鉋屑を懐に納めた。

　その予感が正しかったことがわかったのは、だいぶ後になってからだ。

四

　翌日のことである。家と長屋の表周りの掃除を終え、竹箒《たけぼうき》を片付けているところへ、「おういお美羽さん、大変だよ」と大声で騒ぎながら駆け込んで来た者がいた。振り返ると、左官職人の菊造《きくぞう》だった。人はいいのだが呑兵衛で、あんまり仕事もせず店賃を半年近くも溜めているぐうたらだ。向き直ったお美羽は、菊造を正面から睨みつけた。

「何よ、大騒ぎして。仕事をもらいに行ったんじゃないの」

「仕事どころじゃねえよ。こいつだ」

菊造は右手に摑んだ紙切れを振り回した。

「それ、読売じゃないの。店賃も払わないのにそんなの買っちゃって」

「そんなのって、たった四文じゃねえか。店賃は五百文だろ。それに比べりゃこのぐらい、風呂屋を一回我慢すりゃ……おっと、そんなこと言ってる場合じゃねえ。読んでみてくれ」

菊造は読売をお美羽に突き出した。

「大変だって言うけど、あんた平仮名しか読めないんじゃなかった」

「平仮名と読売屋の口上だけでもだいたいのことはわからァ。だからお美羽さん、全部読んでくれ」

はいはい仕方ないわね、と読売を受け取り、読み始めたお美羽は、顔から血の気が引くのがわかった。

「なっ……何よこれ。和助さんと杢兵衛さんの不手際で、扇座があんなことになったって、決めつけてるじゃない。酷いわ」

その読売には、腕の未熟な和助に杢兵衛が手に余る大仕事をさせ、下手な普請をしたせいで大勢の怪我人が出る羽目になった、と煽《あお》るように書かれていた。和助とお糸がこれを見たら、どんなに辛い思いをするだろう。

「どこのどいつがこんなものを……」

言いかけて、下の隅に「両国　真泉堂」の名と印があるのを見つけた。

「真泉堂。あいつらか……」

お美羽は一昨日、杢兵衛のところで門前払いを食わされ、勝手に書くぞと捨て台詞を残して行った奴を思い出した。

「真泉堂？　おいおい、それって確か……」

菊造もその名を思い出したようだ。真泉堂とは、この春に起きた一連の付け火騒動での悪縁がある。直に顔を合わせたことはないが、金次第でどんな嘘でも書くような、たちの悪い読売屋だということはよく承知していた。

「菊造さん、行くよ。ついて来な。どうせ暇なんでしょ」

お美羽は読売を握りしめ、決然と歩き出した。

「えっ、どこへ行くんだい」

「決まってるじゃない。殴り込みよ」

仰天した菊造が止めるのも聞かず、お美羽はすれ違う人を弾き飛ばしそうな勢いで、両国目指して進んで行った。


真泉堂の店は、広小路から少し入ったところにあった。付け火騒動のときに見張ったことがあるが、店に乗り込むのは初めてだ。勢いに任せ、お美羽は暖簾《のれん》を割った。

「はい？　何ですか、あんた方は」

表にいた番頭らしいのが、お美羽たちに咎めるような目を向けた。奥で版木を彫っていた職人たちも、顔を上げてこちらを見ている。

「今日出た読売に文句があって来たのよ」

　お美羽は握った読売を広げ、番頭の目の前に晒した。

「これがどうしたんです」

　番頭はしれっとして見返す。お美羽は後ろの菊造に顎をしゃくった。菊造は当惑していたが、ここで引っ込んだら江戸っ子の名折れと思ったらしく、腕まくりをして前に出た。

「やいやい。てめえら、扇座の騒ぎが全部大工のせいだなんて、根も葉もないことを書きやがって。どういうつもりだい。事と次第によっちゃ、ただじゃ済まねえぞ」

　ここぞと菊造は凄んだものの、番頭は鼻で嗤《わら》った。

「何だ、そのことか」

　番頭は後ろに手を振った。すると奥の板戸が開いて、目付きの悪い男が二人、出て来た。これは拙かったかな、とお美羽は顔を顰める。真泉堂は、揉め事を腕ずくで片付けるための連中を、飼っているようだ。

「あんたらみたいに、読売に難癖をつけてくる奴は、大勢いるんだ。そんなのにまともに取り合ってちゃあ、読売なんか出せやしないよ」

「難癖とは何よ。いいかげんなこと書いたのはそっちでしょう」

お美羽も嚙みついたが、蛙の面に小便だった。番頭がせせら嗤う。

「言いがかりはよしてくれ。金にでもしようってつもりなんだろうが、そうは行かないよ」

「何ですって」

強請《ゆす》りと一緒にされたお美羽は、頭に血が上り、番頭に詰め寄った。むしろ最初に啖呵《たんか》を切った菊造の方が、おろおろしている。

「おやおや、これは元気のいい娘さんだ」

番頭はニヤニヤしながら言った。

「いいから帰りなさい。あんまりしつこいと、放り出すよ」

その言葉で、二人の強面《こわもて》が前に出た。一人が菊造を睨みつけ、もう一人がお美羽に薄笑いを向けている。その一人がお美羽に言った。

「聞いたろ、娘さん。とっとと帰りな。でないと、冗談抜きで痛い目を見るぜ」

菊造はもうすっかり腰が引けている。これは分が悪い、とお美羽は一歩引いた。

だが、このまま尻尾を巻いて帰るのは、あまりにも癪《しゃく》だ。どうしよう……。

そのとき、後ろから聞き慣れた声がした。

「おいおい、若い娘相手にその物言いは、感心しないな」

山際辰之助が、暖簾を分けて店に入って来た。

「誰だあんた。こいつらの仲間か」

強面が三和土《たたき》に下りて、山際の前に立った。

「揃って強請りにでも来たのかい。生憎《あいにく》だな」

山際が笑う。

「強請りとはとんでもない。私は、この人たちと同じ長屋の者だ。さらに言えば、そこに書かれた大工の和助とも同じ長屋だ」

「同じ長屋ねえ」

強面が、馬鹿にしたように言った。

「どうでもいいが、叩き出される前にとっとと帰ってもらえやせんかね」

「叩き出すとは、穏やかでないな。ここで帰っては、何しに来たのかわからん」

山際が一歩前に出た。強面の顔が引きつる。

「何だい。抜こうってのかい。冗談じゃねえ、やれるもんならやってみろ」

「抜こうなどとは思わん」

「そうかい。じゃあ、こっちから挨拶させてもらうぜ」

強面は腕を出し、山際の胸ぐらを摑もうとした。山際はその手を取り、一瞬で捩《ね》じ上げた。

「痛ててッ、何しやがんだ」

「浪人とはいえ、いきなり武士の胸ぐらを摑むとは、いささか無礼が過ぎるであろう」

山際は、腕を捩じったままその強面を突いた。強面が、上がり框《がまち》に倒れ込む。

「畜生、やりやがったな」

強面は歯軋りして睨み返したが、山際に見下ろされて立ち上がれずにいた。番頭が苦い顔をする。

「何だね。どうしたんだ」

奥から声がして、羽織を着た男が姿を見せた。年は四十くらいで、眉がずいぶん濃い。一度見たことがあるだけだが、真泉堂の主人とすぐにわかった。お美羽はそれを目で山際に伝えた。山際はすぐに解したようだ。

「ここのご主人か。少しは話ができそうだな」

主人は、山際と睨み合うように正面に座った。

「真泉堂繁芳《しげよし》です。どういうお話で？」

「今朝出たこちらの読売だ。大工の和助が普請をしくじったとはっきり書いてある。これは根も葉もない話だろう。書かれた当人としては、たまったものではない」

「ほう。それで、どうしろと」

「正してもらいたい。なぜ桟敷席が崩れたのか、まだはっきりとはしておるまい」

「まさか、読売を出し直せとおっしゃるんで？」

繁芳は、面白いことを言うな、とでも思ったらしい。

「そんなことをする読売など、聞いたこともありませんな」

「しかし、証しもなく根も葉もない話を書くというのは、どうなのだ。幽霊話などとは違って、相手のあることなのだぞ」

「嘘っぱちと決めつけてらっしゃるようだが、そんなことはない。ちゃんと、根も葉もあるんですよ」

「証しがあるとでも言うんですか」

黙っていたお美羽は、辛抱できずに嚙みついた。だが、繁芳は動じた様子もなく、笑みを浮かべている。

「差し障りがあるんで詳しくは言えないが、昨日扇座に、大工を連れてお調べが入ったでしょう」

「えっ。まさか……」

その調べで、和助たちの不手際という証しが出たと？　信じられない。お美羽は後の言葉を呑み込んだ。

「これ以上申し上げることはありません。お引き取り下さい」

繁芳は、胸を張って言った。ここまで堂々とされては、食い下がるのは難しい。

「そうか。邪魔をしたな」

山際は話を打ち切ると背を向け、お美羽たちを促して表に出た。後ろから、強面の笑い声が聞こえた。口惜しいが、今は和助が心配だった。

両国広小路に出たところで、山際が苦言を呈した。

「お美羽さん、ずいぶんと荒っぽいことをするな。読売屋に捩じ込むとは。相手が素直に文句を聞いてくれるわけもなかろう」

「済みません。でも、どうにも腹が立って」

山際の言う通りなので、お美羽は俯いた。

「菊造、お前も止めなくては駄目だろう」

「へえ、そうなんですが、お美羽さん凄い剣幕で、引き摺られちまいやして」

菊造は恐縮してぺこぺこ頭を下げている。確かに、菊造ではほとんど役に立たなかった。

「山際さん、どうして私たちが真泉堂に行ったのがわかったんですか」

「うむ。私も読売を見て眉をひそめたのだが、長屋でお喜代さんから、お美羽さんが読売を持ったまま菊造を連れて、血相を変えて出かけた、と聞いたのでな。そんな様子なら、読売屋に行ったに違いないと思って、追って来たんだ」

「そうでしたか……ご厄介おかけしてしまって。おかげで、助かりました」

「もう何度言ったかわからんが、無茶はしないでくれ。欽兵衛さんの寿命が縮むぞ」

「あ、はい、慎みます」

信じられねえけどなあ、と菊造が呟いたので、肘打ちを食わせた。菊造が呻《うめ》く。

「でも、本当にお調べの結果、和助さんが下手な仕事をした、ってことになったんでしょうか」

「うむ。ちょっと信じ難いが、真泉堂は嘘を言っている風ではなかった。本当なら、日を置かずに和助はしょっぴかれるだろう。その前に、青木さんに話を聞いてみたいが」

山際と青木は、お美羽を交えて捕物で関わるうちに、時々一緒に飲む仲になっている。とは言っても、御役目には至って真面目な青木のことだから、どこまで話してくれるだろうか。

「しかし、だとしても、真泉堂は誰からそのことを聞き込んだのだろうな……」

山際は、独り言のように呟いた。


家に帰ると、欽兵衛が座敷で難しい顔をして座っていた。てっきり勝手に出かけたのを怒っているのだと思い、「ただいま。ごめんなさい」としおらしく言ってそうっと部屋に入った。すると欽兵衛は振り向き、広げた読売をお美羽の方に示した。

「お帰り。これを見たかい」

「ああ、それ。私も読んだ」

真泉堂に乗り込んだことは言わず、憂い顔で欽兵衛の前に座る。

「どうしてこんなことを書くんだろうねえ」

「そうなのよ。和助さんは、もうこれを見ちゃったの？」

「まだだと思うが、いずれ目に入るだろう。困ったねぇ」

「できることなら、身の証しを立ててあげたいんだけど……」

欽兵衛が、ぎくりと眉を上げる。

「お前、やっぱりこのことを深掘りするつもりかい」

「だって、放っておけないでしょう」

「いや、しかしね……」

欽兵衛の小言が始まろうとしたとき、表で呼ばわる声がした。

「ご免よ。欽兵衛さん、お美羽さん、いるかい」

「あ、喜十郎《きじゅうろう》親分ですか。どうぞ入って下さいな」

いいところに来た、とばかりにお美羽が返事した。間もなく襖《ふすま》が開いて、喜十郎がのっそり入って来た。

「邪魔するぜ。ちょいと話があってな」

喜十郎は南六間堀町《みなみろつけんぼりまち》に住む四十過ぎの岡っ引きで、この界隈を縄張りにしている。入舟長屋には昔から出入りしており、お美羽が首を突っ込んだ捕物にもずっと関わってきた。お美羽のお節介に顔を顰めながらも、時にはお美羽の見立てを当てにすることもある。

「話って、やっぱり和助のことかい」

欽兵衛が聞くと、喜十郎はそうだと答えた。

「親方の杢兵衛さんにゃ、ちょいと義理があってな。和助はここの住人だし、見過ごしにゃできねえんでよ」

ああそうか、とお美羽は胸の内で頷いた。喜十郎は若い頃、捕物でしくじって干されたことがあり、その頃杢兵衛に金を借りたりして、だいぶ世話になったらしい。お美羽もそのことは噂に聞いていた。

「なるほどねえ。変な読売が出回っているようだが、あれはどうなんだい」

「ああ、俺も読んだ。厄介なのは、あれがそう的外れでもねえってことなんだ」

ああやっぱり、とお美羽は歯噛みした。一方、欽兵衛は驚いたようだ。

「まさか。本当に、和助がしくじったのかい」

「うーん、俺ももう一つ信じられねえんだが」

喜十郎は頭を掻いた。

「ここだけの話で、他所には言わねえでくれよ。実は、扇座の辺りを縄張りにしてる、小泉町の源吉ってのがいるんだが、こいつには貸しがあってな。で、調べがどうなったか聞いて来たんだ」

お美羽はすぐに思い出した。青木と話したとき、一緒にいた岡っ引きだ。

「そういや、源吉はあんたにも会ったって言ってたな」

え、と欽兵衛が訝るので、慌てて言った。

「ええ、扇座でちょっとだけ」

喜十郎は、そうかと応じただけで話を進めた。

「昨日、青木の旦那のお指図で、杢兵衛とは関わってない大工を呼んで、崩れたところを調べさせたんだ。本所長岡町《ながおかちょう》に住んでる徳市《とくいち》って奴で、本櫓の西村座に出入りしてたんで、芝居小屋には詳しい。そいつがな、一通り調べて、こりゃあ普請した大工の手際が悪かったんじゃねえか、ってんだよ」

「本当ですか」

お美羽は目を怒らせる。本職の大工がそう言うのなら、事は厄介だ。

「何でも、ほぞ組みってのか、ほれ、材木に凸凹の切り込みを入れて、嚙み合わせるやつ。あそこの細工に下手を打って、そこから木が割れたように見える、ってえのさ。こっちも源吉も素人だからよくわからねえが、そう言われりゃ何となく頷けるだろう」

「いや、頷けるって言われてもなあ」

欽兵衛は、まだわからないような顔をしている。

「杢兵衛さんには聞いたのかい。どう言ってなさる」

「ああ、得心してねえようだ。確かにそこで下手な細工をすりゃ、材が折れちまうかもしれねえが、和助に限ってそんなヘマはしねえと」

「ですよねえ。私もそう思います」

お美羽は、杢兵衛の言う通りだとばかりに言葉を強めた。

「親分自身はどう思うんだい」

欽兵衛が質すと、喜十郎は呻くように言った。

「八丁堀の旦那が頼んで調べさせた結果だ。俺としちゃ、滅多なことは言えねえ。だが、徳市も玄人なら李兵衛さんも玄人だ。正直、俺ァ李兵衛さんの言うことを信じてぇ」

言ってから、喜十郎はお美羽の顔を覗き込むようにした。

「ようお美羽さん、あんたのことだ。もう首を突っ込んでるんだろ。和助を助けようとしてよ」

「え、はあ、まあ、何と言うか……」

「やっぱりな。よし、今度に限っては、俺は止めねえ。何かこれはって話を聞き込んだら、俺に教えてくれ。悪いようにゃ、しねえ」

「おいおい親分、お美羽を当てにするのかね」

欽兵衛が渋い顔をした。

「いや、言いたいことはわかるが、俺も八丁堀のお調べに逆らうようなことはできねえ。かと言って、李兵衛さんのことも無下にできねえ。ひとつ、その辺を汲んでくれ」

しかしねえ、と欽兵衛が言いかけるのを遮り、お美羽は胸を張って言った。

「わかりました。きっちり調べてみます」

普段は出しゃばりだと苦い顔をされる岡っ引きから、背中を押されたようなものだ。お美羽は俄然、その気になっていた。


喜十郎が帰ってから、お美羽は和助に話を聞こうと考えた。徳市とやらの言うことについてどうなのか、ほぞ組みで思い当たることがあるのか、確かめたかったのだが、欽兵衛に止められた。

「やめておきなさい。和助に心当たりがないなら、言いがかりだと怒って問い質しに行こうとするかもしれない。心当たりがあるなら、傷口に塩を擦り込むようなものだ。聞くなら、まず杢兵衛さんからじゃないかね」

欽兵衛の言にしては珍しくもっともだ。そう思ったお美羽は、日も傾いたので明日にでも杢兵衛親方のところへ行くことにして、その日は収めた。

翌朝である。長屋の用事を片付け、そろそろ出かけようと立ちかけたお美羽のところに、思わぬ客があった。

「ご免下さい。こちらに、お美羽さんはいらっしゃいますか」

声を聞いたお美羽は、えっと思った。扇座の清四郎だ。急いで髪を直し、表口に出て膝をついた。

「まあ清四郎さん、一昨日はありがとうございました」

後ろから欽兵衛も出て来て、挨拶する。

「これは扇座の若旦那ですか。一昨日は娘が勝手に押しかけ、御迷惑をおかけしました」

「いえいえ、とんでもない。むしろ、こちらの方が有難いのです」

有難い？　お美羽は妙な気がした。自分は礼を言われることはしていないと思うが。すると清四郎は、いささか遠慮がちに切り出した。

「実は、ちょっとお美羽さんに折り入ってお話がありまして」

「私に、ですか」

どういうことだろう、とお美羽は目を瞬《しばた》く。

「はい。よろしければ、回向院裏の茶屋までご一緒いただけませんでしょうか」

そこで欽兵衛が眉を上げたので、急いで付け加えた。

「矢倉様もそちらでお待ちです」

少なくとも逢引きの誘いではない、と欽兵衛にもわかっただろう。

「よろしゅうございますが、やはりあの桟敷席の一件についてでしょうか」

「左様です。それについてのご相談です」

「うちの娘が、そんな大事のお役に立ちますんでしょうか」

喜十郎の頼みと併せて考え、欽兵衛は心配になったらしい。清四郎は恐縮したように頭を下げる。

「無論でございます。大変ご聡明な方と聞いておりますので」

「承知いたしました。ご一緒いたします」

聡明と言われて悪い気はしない。欽兵衛の返事を待たず、お美羽は立ち上がった。

何か言いかける欽兵衛を振り向き、目で大丈夫と黙らせる。欽兵衛は、やれやれと肩を竦《すく》めた。それから急に思い付いたように、清四郎に続いて出ようとするお美羽に、こっそり囁く。

「清四郎さんは、ずいぶんといい男じゃないか。もしかしてお前に……」

お美羽は手で欽兵衛を遮り、気を回し過ぎるのはやめてと小声で文句を言った。

欽兵衛は頭を掻いて引っ込んだが、目尻が下がっていた。

茶屋に着くと、清四郎は迎えに出て来た主人に「お見えになってるかい」と問うた。主人は頷き、二人を奥へ誘《いざな》った。

表から見えない座敷の障子を開けると、矢倉仲次郎が畳に正座して待っていた。お美羽は「一昨日は失礼いたしました」と丁重に言って、座敷に上がった。

「いや、呼び立てて済まない。楽にしてくれ」

三人は上下の差なく、車座の形で座った。矢倉も、大身旗本の家来ながら上座に立つ風ではない。お美羽はそれを好ましく思った。

主人が茶を置いて下がると、清四郎が話を始めた。

「さて、お美羽さん。一昨日のあの後ですが、お役人から頼まれて来た大工が、やはり普請に不始末があったのではと言い出したのです」

「はい。近所の親分さんから、そのお話は聞いております」

お美羽はほぞ組みのことについて、喜十郎から聞いた通りを告げた。清四郎と矢倉は、感心したように頷く。

「ご存じなら話が早い。しかし、さすがですね」

清四郎は矢倉と顔を見合わせ、頷き合った。何だろう。

「どこで聞き込んだものか、読売にまで出ていましたが、私としては、どうも得心がいかないのです」

清四郎が真剣な顔つきで言った。

「ご不審なことがあるのですか」

「ええ。私は普請の最中、たびたび出向きまして、和助さんたちの仕事ぶりを拝見していました。素人目にも実に丁寧なもので、これなら良いものが出来上がると安心していたのです。それが桟敷席のあの部分に限って、まるで手を抜いたかのような下手なことをするとは、いささか考え難いのではないかと」

「私は普請場を見たわけではないが、扇座の建物は実にしっかりとした建て方だと思った。現に、あの桟敷以外のどこを見ても、全く揺るぎがない」

矢倉も清四郎に賛同して言った。その上で、あれほど立派な建物を「小屋」と呼ぶのは摩訶不思議だ、などとも言う。芝居小屋とはそうしたものです、と清四郎が笑って応じた。この二人、身分の違いを超えて仲がいいんだな、とお美羽は微笑んだ。

「では、お二人とも和助さんの仕事に間違いはなかったのでは、とお思いなのですね」

「お美羽さんも、そうでしょう」

ええ、とお美羽は力を入れて答えた。

「何か他にお心当たりがおありなのでしょうか」

「それなのですが」

清四郎は、心なしか声を低めた。

「誰か外から入った者が、細工したのではと疑っております」

やはりそうなるか、とお美羽は思った。普請の不手際でないなら、誰かが壊したとしか考えられない。

「そんなことをしそうな人が、いるのですね」

お恥ずかしいことですが、と清四郎は渋面になる。

「父は座元として、芸にも商いにも厳しい人です。不始末をして追い出された役者で、こんな小屋潰してやるなどと捨て台詞を残した者もいます。取引を切られた出入りの商人もいます。稽古で無理をして怪我をし、役者を続けられなくなったのを逆恨みした者もいます」

お美羽がはっとしたのを清四郎に気付かれたようだ。清四郎は苦笑するように膝を撫でた。

「私の足は、子供の頃に遊びが過ぎて、木から落ちたせいです。父には、役者の子としてあまりに軽率だとさんざん叱られました」

「そうでしたか。大変失礼しました」

お美羽は急いで詫びた。清四郎は、気にしないでという風に続ける。

「恨みだけではありません。西村座さんが不始末を起こして休座になっていますが、興行の鑑札召し上げには至らなかったものの、休座は長引くということで……結果として、うちは随分稼いでいます。それを妬《ねた》む者が、いろいろと。西村座さんの御身内にさえ、火事場泥棒のように思っている方がいるようです。うちのような控櫓は、こういうときのためにあるというのに」

「なかなかに、敵ができやすい生業《なりわい》であるのかもしれぬな」

矢倉が、溜息混じりに言った。

「因果と言えば因果です。それに……」

清四郎の渋面が、濃くなった。

「この生業、ご贔屓筋というのがあるのですが、その中でも特に大事なお二方、指《さし》物《もの》問屋の淡路《あわじ》屋さんと醬油問屋の野島《のじま》屋さんから、興行ができなくなった不始末を責められておりまして。毎度少なからぬ金子《きんす》をお助けいただいておりますので、一日も早く今度の一件が扇座の責めによるものでないと証しを立て、興行できるようにせねばならないのです」

「そうなのですか。大店の旦那さん方が、興行にお金を」

清四郎の口調からすると、芝居興行は大口の贔屓筋からの金を頼りにしているようだ。

「どちらの一座にも、そうしたご贔屓の大店がおありなんですか」

「はい。例えば、同じ控櫓の河原崎座さんには、油問屋の鹿納《かのう》屋さんなどがついておられます。皆様、大層お力を入れていただいており、私共にとっては有難いのですが」

それだけに気遣いも充分にせねばならないということらしい。

「なるほど、そういうご事情がおありですか」

それでは清四郎も気が休まらないだろう。お美羽は矢倉の方に聞いた。

「矢倉様の方には、何かお考えがおありでしょうか」

「うむ、それなのだが」

矢倉は口籠もった。お美羽は察して、こちらから言ってみる。

「一昨日、お姫様がお怪我をされたと伺いましたが、そのこととの関わりですか」

矢倉は難しい顔になって頷いた。

「殿は、いたく姫様をご心配になり、何が起きたのかとくと見極めよと仰せだ」

「まあ、そうでしたか」

お美羽は矢倉を見つめ、遠慮がちに聞いた。

「大変失礼ですが、何かお家或いは姫様が、お恨みを買うような……いえ、御災難に遭われるようなご事情があるのですか」

矢倉の顔が歪む。

「それは……言えぬ。が、何もないわけではない。恨みとは違うが」

お家に関わることゆえ、矢倉の口からはそれ以上言えないというわけか。仕方がない。そこで清四郎が取りなすように口を挟んだ。

「矢倉様は殿様の命で、私の方はご贔屓筋の強いお望みで、この一件を何とか片付けねばなりません。どうもお役人が呼んだ大工のやり方を見るにつけ、お役人とは別に動いた方がいいのでは、と考えた次第です。そこで、お美羽さん」

「は、はい」

「昨日、失礼とは存じましたが、あなたのご評判を聞き回らせていただきました。大変にしっかりしたお方で、何度か捕物にも関わり、八丁堀のお方にも一目置かれているとか」

げっ、噂を拾われたのか。お美羽は慌てた。自分については、美人なのにしっかり者過ぎて縁遠い、とあちこちで言われている。それだけならいいが、言い寄った男を大川に放り込んだとか、店賃を払わない家の障子を叩き割ったとか、とんでもない噂も口にされていた。根も葉もないわけではないが、いずれも偶然の結果なのだ。ただ、この春に関わった一件で、さる大店の座敷の障子を本気で蹴り壊したことがあったが、さすがにあれはばれてないだろう……。

「お美羽さんがあのとき居合わせたのも、何かの縁です。私たちに力をお貸しいただだけませんでしょうか」

「つまり、この三人で桟敷席がなぜあんなことになったのか、調べるということですか」

「左様です。いかがでしょう」

矢倉もお美羽の目を見て、「是非とも」と言った。どうやら、悪い方の噂は耳に入っていないようだ。ならばこの頼み、断れるわけがない。

「承知いたしました。私も、近所の親分さんからこの一件に手を貸すよう、頼まれています。どれほどのお力になれるかわかりませんが、ご一緒に」

「ああ、お引き受けいただけますか。ありがとうございます」

「まこと、かたじけない」

清四郎と矢倉は、安堵の笑みを浮かべてお美羽に頭を下げた。二枚目役者のような美形の二人にそんな笑顔を向けられたうえ、大いに頼りにされるなんて。お美羽は舞い上がりそうになり、落ち着かなくてはと冷めた茶を口に運んだ。

「ところで、ちょっと耳に挟んだのですが、お美羽さんは、障子割りのお美羽という二つ名をお持ちとか。どういう意味でしょう」

お美羽は、飲みかけた茶を噴いた。

五

障子割りについては何とか誤魔化し、まずどう動くかと考える二人に、お美羽は李兵衛のところへ行くつもりだったことを話した。清四郎がすぐ賛同し、一緒に行くと言う。矢倉が同道するとどうにも目立つので、ひとまず屋敷に帰ってもらうことにし、お美羽は清四郎と二人で林町に向かった。回向院裏からは九町ほどなので、遠くはない。

短い間だが、竪川《たてかわ》沿いに歩いていると、すれ違った娘から羨ましそうな目を向けられた。何の用事で歩いているのかも忘れ、つい頬が緩んでしまう。いかんいかん、とお美羽は首を振った。

李兵衛の家の前で案内を乞うと、この前、真泉堂の男を追い返した若衆が出てきた。

「あ、こりゃあ扇座の若旦那。それとこちらは、確か和助兄いんとこの大家さんの

「……」

「美羽です」

「ああ、お美羽さんか。親方は中だ。まあ入っておくんなさい」

招じ入れられて奥に通ると、杢兵衛は長火鉢を前に所在なげに座っていた。初夏なので無論火は入っておらず、傍らに団扇《うちわ》が置いてある。

「ああ、清四郎若旦那。こいつはどうも」

清四郎は大事な施主だ。杢兵衛は居住まいを正した。

「あんたは入舟長屋の大家さんのところのお美羽さん、と聞いたが、若旦那とはどういう」

杢兵衛は二人を交互に見て、そういう仲なのかと問いたげな顔をする。清四郎が「いえいえ」と笑って、成り行きを説明した。

「へええ、そうですかい」

話を聞いた杢兵衛は、感じ入ったように言った。

「あっしと和助のことを、そこまで信用して下さるたァ、何とも有難《ありがて》ぇ話だ」

「もちろんです。でなきゃあ、最初《はな》から大事な小屋の普請をお任せしたりしません」

「和助さんだって、お人柄はよく存じてます。店賃も一日の遅れもなくいただいてますし、嘘や誤魔化しがある人とは思っておりません」

二人が口を揃えて言うと、杢兵衛は深々と頭を下げた。

「恐れ入りやす。誓って、お二人の顔を潰すようなことはございやせん」

普請のせいかどうかは別にして、杢兵衛は扇座が興行中止になったことに責めを感じているようだ。清四郎は察して、どうぞお顔を上げて下さいと言った。

「それで杢兵衛親方、ほぞ組みのところが傷んでいれば崩れる、というのは確かでしょうか」

座り直した杢兵衛は、お美羽の問いに生真面目な顔で答えた。

「お調べによると、そこに割れ目が入っていたのでは、という話のようですね。どこのほぞ組みかは聞いてやせんが、桟敷の床を支えてる材の合わせ目のところなら、座った客の重みがどっとかかる場所ですから、折れて床全体が崩れるってことは充分あるでしょう」

「壊れると危ない箇所ってわけですね。そんなところなら、作るときにも充分気を遣うでしょうね」

「おっしゃる通りで。だから解《げ》せねえんでさァ」

「あの、それでは……」

清四郎が顔を強張らせながら聞いた。

「普請ができた後で誰かが、例えば鑿《のみ》や鋸《のこ》で割れ目を作る、なんてことは考えられるでしょうか」

李兵衛の眉が上がった。

「誰かの悪さかもしれねえ、とおっしゃるんで」

「かもしれない、というだけです」

清四郎は慎重に言う。

「まさかとは思いますが、親方や和助さんに罪を被《き》せようなどと考える誰かがいるようなことは、ありませんか」

李兵衛は眉をひそめたが、しばし考えた上で答えた。

「細工したなら大工が関わっているとお思いかもしれやせんが、大工仲間でそんなことをしそうな奴は、思い付かねえ。和助にしたって、他人様から恨みを買うようなことはまずねえだろうと思いやすが」

「ええ、それは私も信じます」

お美羽はきっぱりと言った。李兵衛の顔が、心なしか綻んだ。

「こう言っちゃなんだが、扇座さんの方にはそんなお心当たりは？」

李兵衛の方から聞いた。清四郎は、「正直、なくはないです」とだけ言った。李兵衛が溜息をつく。

「もし誰かの仕業ってんなら、穏やかじゃねえ。どれだけ怪我人が出ても構わねえと思ったわけですからね」

李兵衛は目を怒らせた。が、そこで気が付いたように言う。

「ほぞ組みの割れ目ってのァ、本当にあったんですかねえ」

「さあ、私たちは目にしていないので。やはり得心がいきませんか」

「まあ何と言うか……上桟敷の床は下桟敷の天井だ。もし最初から割れ目みたいなものがあったなら、下桟敷にいた客が気付いたんじゃないかと思うんですがねえ。そんな話はありやせんかい」

「いいえ、聞いてませんねえ。桟敷のお客は上も下も賑やかで、大概は舞台の方を向いてたと思いますから、気が付かなかったのでは。決して明るい場所でもないですし」

清四郎が首を捻りながら答えた。だがお美羽は、そうかなあと思った。崩れた瞬間は、ちょうど舞台挨拶のときだったので誰もが舞台を見ていたが、それまでは皆、新築の小屋ということで、物珍しげにあちこちに目をやっていた。それに、木が割れるような音を何人かが聞きつけたはず。何かあったかと音がした方を見ただろう。李兵衛の言うように、割れ目ができかけていたのなら、気付いた者がいてもおかしくはないと思うが。

そこで清四郎が言った。

「李兵衛さん、八丁堀のお指図で調べに入って、ほぞ組みのことを言い出したのは、西村座さんに出入りしてた徳市ってお人です。どんな人となりか、ご存じですか」

「ははあ、本所長岡町の徳市ですかい」

八丁堀は李兵衛と関わりのない大工を選んだということだが、同じ大工として、やはり知ってはいるようだ。李兵衛は首を傾げる。

「ほとんど付き合いはねえんだが、腕は悪くねえはずだ。奴が見立てたってんなら、全くの見当外れってこともあるめえとは思うが……」

　李兵衛の言い方には、含みがあるようだ。気付いたお美羽は、「何かありますか」と促した。

「何かっていうか、あいつは金に拘《こだわ》るところがある、とは耳にしてやす」

「拘る？　平たく言うと、欲が深いってことですか」

　お美羽はつい言葉に力が入った。調べの結果を、金次第で左右する男なのか、と思ったのだ。察した李兵衛が言った。

「考えてなさることたァわかるが、奴が金を貰ってそんな見立てをしたとして、誰がそんなことを。徳市が八丁堀に呼び出されることなんざ、事前にわかりゃしねえでしょう」

「それはまあ、そうですが、徳市さん自身が細工をした、なんてことは」

「誰かに雇われてってことですかい。さすがにそこまでする奴じゃねえと思いやすがねえ。ばれたら死罪か良くても遠島だ。割が合わねえでしょう」

　李兵衛の言うのも、もっともだった。お美羽はう～んと唸り、先走る考えを引っ込めた。

お美羽と清四郎は、杢兵衛に何卒よろしくと何度も頭を下げられ、初めに案内した若衆に送られて表に出た。そのとき、若衆が小声で言った。

「あの、あっしは与五郎《よごろう》と言いやす。お話を漏れ聞いてやしたんですが、お世話をおかけしやす」

与五郎は済まなそうに頭を下げ、後ろを気にしながらさらに小声になって言った。

「あの読売、ご覧になりやしたかい」

お美羽と清四郎は、顔を見合わせる。

「ええ、読みました。親方は、見てないんですね」

「へい。謹慎中ってことで外へ出てねえもんですから、幸いなことに」

与五郎は、杢兵衛には黙っておいてくれと頼んだ。

「あっしがあの真泉堂って読売屋を叩き出したもんだから、すっかり悪く書かれちまって。親方にも和助兄ぃにも、申し訳なくって」

与五郎は自分のせいだとばかりに、情けない顔をしている。清四郎がその肩を叩いた。

「あんたのせいじゃない。もともと、性質《たち》の悪い読売屋だそうだ。あんたがどう言おうと、売らんがために勝手なことを書いたろうさ」

与五郎は、ありがとうごぜえやす。とまた頭を下げた。

「どうかよろしくお願いしやす。親方と和助兄ぃの不始末じゃねえってこと、明らかにしてやっておくんなさい」

「大丈夫。任せておいて」

懸命に頼む与五郎に、何も当てはなかったのだが、ついついお美羽は請け合った。

与五郎は、親方共々恩に着ますと生真面目な顔で礼を述べた。

踵《きびす》を返して通りへ出ようとして、ふとお美羽は足を止め、振り向いた。

「あの、与五郎さん。親方に聞きそびれたんですけど、扇座さんの普請に使った材木、どこから仕入れたんですか」

え、と与五郎が怪訝な顔をする。

「深川《ふかがわ》の杉田屋《すぎた》さんからです。大きな普請では、大概そこから入れてますが」

「そうですか。わかりました」

それだけ聞くと、お美羽は待っていた清四郎に詫びて通りを西に歩き出した。

少し離れてから、清四郎が聞いた。

「お美羽さん、最後に聞いた仕入れ先の件、もしや材木に疑いが？」

「ええ。材が折れたなら、もともと木が弱かったのかもしれない、と思い付いて」

ああ、と清四郎が頷く。

「それはあり得ることですね。でも、私が言うのもなんですが、大工の看板になるような普請です。うちの方からもいい木を使うようお願いしてますし、材についてはしっかり吟味されてるのではと思うんですが」

「ですよねえ。いえ、いいんです。ちょっと思い付いただけですから」

簡単に折れるような質の木なら、普請中に気付いているだろう。お美羽はその考えを打ち消し、清四郎と並んで両国の方へと向かった。あまり早く歩けない清四郎に合わせ、ゆっくり進む。傾きかけた日が、清四郎の端整な顔をくっきり照らし出していた。お美羽はそれを見て、また少し胸が騒いだ。

翌日は、手習いの日であった。お美羽はいつもの通り、回向院裏にある師匠のところへ出向いた。清四郎と矢倉と三人で話をした茶屋は、目と鼻の先だ。昨日のことを思い出し、つい笑みが浮かんだ。

町家でも、それなりの家の娘は嗜《たしな》みとして、漢詩や和歌、音曲や踊りなどを身に付ける。ここでお美羽たちが習うのは書だ。武家の出という師匠のもとに、十数人の娘たちが集《つど》っている。その中で、良縁に巡り合った娘《こ》たちが辞めていくため、お美羽はとうとう一番年嵩《としかさ》になってしまっていた。書の腕も上がり、師範代ができるほどだ。友達がいるから続けているものの、自分でも惰性だと思っている始末だった。

「あ、お美羽さん、この前は」

部屋に入ったお美羽を見て、おたみが安堵したように声をかけた。おたみとは、四日前の扇座の騒動以来、顔を合わすのは初めてだ。

「ああ、おたみちゃん。あれから大丈夫だった？」

「大丈夫だけど、思い出すともう、ぞっとするわ。寝られないくらい。お美羽さんこそ、どうなの」

「私も大丈夫。何であんなことになったのか、さっぱりわかんないけど」

お美羽とおたみが扇座のことを話していると、聞きつけた娘たちが寄って来て、忽《たちま》ち二人を取り囲んだ。

「お美羽さんもおたみさんも、扇座に居合わせたんですって」

「大勢怪我したって聞いたよ。怖くなかった？」

「いったいどんな感じで崩れちゃったの」

口々に聞いてくる娘たちを手で制し、面倒なので「もう大変だった。思い出したくもないわ」と言って下がらせた。そりゃあそうかも、と察して皆が引いてから、隣席のお千佳《ちか》がこそっと囁くように言った。

「お美羽さんのことだから、あのことを調べ始めてるんじゃないの」

お美羽とおたみとお千佳は、仲良しの三人だ。お美羽の性分をよく知っているお千佳は、もうお美羽の動きに見当を付けているらしい。お美羽は、囁きを返した。

「実はそうなの。あっちこっちから頼まれちゃって」

やっぱりね、とお千佳とおたみは目を見交わして笑う。お美羽は仕方なく、喜十郎や清四郎、矢倉の話をした。二人の目が大きくなる。

「扇座の清四郎さんかあ。小さいときに怪我しなければ、役者になってたってだけあって、結構な二枚目よね。いいなあ」

芝居好きのおたみは、その辺の事情にも詳しいらしい。

「矢倉様ってお侍も、なんか素敵な人みたいね。両手に花とは羨ましいですなあ」

お千佳がニヤニヤしている。不謹慎よとお美羽が小突いた。そこでおたみが聞く。

「その様子のいいお侍様は、どこのご家中なの」

「えっと、真垣左京様っていう、三千石の御旗本だって言ってた」

「ふーん、真垣左京様……」

その名を聞いたお千佳が、少し考える風を見せた。知ってるの、とお美羽が聞く。

「年頃のお姫様がいるのよねえ」

「ええ。矢倉様は、そのお供で扇座に」

「ふうん。あのね、知ってる呉服屋さんが、御旗本のお姫様の婚礼衣装の注文を受けたって話を聞いたのよ」

お千佳の家は太物を商っており、呉服商とも付き合いが多い。この春の付け火の一件では、その縁を利用させてもらっていた。

「婚礼衣装ねえ。もしかして、その御旗本が真垣左京様なの？」

「うん。確か、真垣様という名前を聞いたと思うんだよね」

お美羽は興味を引かれた。真垣家に年頃の姫は何人もいないだろうから、お千佳の記憶が間違っていなければ、扇座で怪我をしたのが婚礼を控えた当人、と考えるべきだろう。

「あれ、お美羽さん。難しい顔になっちゃって。まさか、その婚礼が扇座のことと関わってたりするの？」

お千佳に言われ、はっとして表情を戻す。つい考え込んでしまった。

「ううん、今は何も。これからいろいろ突き合わせていくのよ。先は長い。それより、ちょっと尋ねるんだけどさ」

なになに、と顔を寄せるおたみとお千佳に、お美羽は声を低くして言った。

「障子割りのお美羽、なんて二つ名を言い出したの、誰よ」

お千佳とおたみは赤くなり、顔を見合わせて「いやー、誰だろうね」などと言った。笑みが引きつっているところを見ると、この二人がどこかで漏らしたな、とわかったが、ちょうど師匠が部屋に入って来たので、都合良く話はおしまいになった。まったくもう、心太《ところてん》くらいじゃ許してあげないからね。

入舟長屋に帰ったお美羽は、手習いの道具を置くとすぐ、山際の住まいに行った。近所で子供に読み書きを教えている山際も、ちょうど戻ったところだった。

「あらお美羽さん。どうぞ入って下さい」

山際の妻、千江が戸を開けてにこやかに言った。一歩引いて、お美羽を招じ入れる。その動きが、武士の妻らしく控え目でしとやかだ。年は三つ四つしか違わないのにと、ついついはねっ返りの自分と引き比べてしまう。山際に惚れかけたことは、大失敗として封印したが、千江を見ていると今でも微かに胸がちくりとした。

「やあお美羽さん。扇座の件、まだ調べているのか」

来た用事を察して、山際が言った。それまで相手をしていた五つになる娘の香奈江に、「外で遊んできなさい」と告げる。「はーい」と香奈江が立ち、お美羽にきちんとした挨拶をして、外に出て行った。

「ほんとに素直でいい子ですねえ」

お美羽が言うと、山際が目を細める。

「お嫁に行くときは、一日涙にくれると思いますよ」

千江が微笑んで言うのに、山際は「そんなことは」と咳払いを返した。お美羽は、その嫁入り云々《うんぬん》の話だったのを思い出し、山際と向き合うと、まず清四郎と矢倉から頼まれたことを細かく話した。

「ほう、左京様のご家中の。その矢倉殿は、左京様から事情を調べるよう言いつかっているのか」

山際は、座元の身内の清四郎がこの件を調べるのは当然と受け止めたが、矢倉の関わりについては少し意外に思ったようだ。それはお美羽も薄々感じていた。

「ええ。どうなんでしょう。お供していた姫様がちょっと怪我をした、ということで、そこまですべきものなのでしょうか」

そうだな、と以前は大名家の家臣だった山際は、首を捻った。

「自分がついていながら、と矢倉殿が責めを感じるのはわかる。しかし、謹慎せよと言うのならまだしも、扇座まで出向いてなぜあんなことになったか調べろ、と殿様が命じるのは、いささか筋が違うであろうな」

「やっぱり。それで、ちょっと別筋から気になることを聞き込んだんですが」

お美羽はお千佳から聞いたことを披露した。ふむ、と山際が腕組みをする。

「婚礼を控えた姫が、芝居見物に行っていたのか」

「つい先日、御衣裳を注文なさったところですから、すぐにというほど近付いてはいないと思いますが」

これを聞いた千江が言った。

「お嫁入りなすった後では、芝居に行くのも気ままにはできないでしょう。行けるうちに行っておこう、というお気持ちはわかりますけど」

芝居好きの姫なら、そんなものだろうな、と山際も笑みを見せた。

「どうでしょう。嫁入り前に芝居に行って怪我をしたとなると、大身の御旗本の家では差し障りがあるのでしょうか」

「いや、怪我と言っても手を挫いた程度の話だろう。騒ぎ立てなければ、特に障りはないと思うが」

だろうな、とお美羽も思う。ならば矢倉が動くと藪蛇《やぶへび》になりそうだが。

「ただし……手足を折るなどの大怪我でもしていれば、話は変わってくる」

山際の表情が、心なしか険しくなった。

「どこへ嫁《か》すのかな」

「それはわかりませんが」

ふむ、と山際は思案を巡らせている。

「もしもだが、輿《こし》入れ先が左京様より格上の家で、縁組によって左京様が大きな利を得る、というようなことがあるなら、邪魔しようと考える者がおるやもしれぬな」

えっ、とお美羽は目を見開く。

「縁談を潰すために、真垣のお姫様を狙って桟敷席に細工をした、と言われるんですか」

「いやいや、そこまではっきりは言えぬ」

山際は急いで手を振った。

「だが、やはり芝居見物で大怪我をしたとなると外聞は良くない。もし後々まで残るような怪我なら、さらに悪い。婚儀の取り止めもあり得るだろう」

「直にお姫様を襲うのではなく、大勢が巻き込まれた事故なら、本当の狙いを隠せますね」

「左京様がそういう心配をしたのであれば、矢倉殿に調べを命じるのもわかる」

お美羽は背筋が寒くなった。もし事実なら、何という悪辣《あくらつ》なやり方だろう。

「これは、確かめないといけませんね」

顔に怒りが出てしまったらしい。山際が心配するように言った。

「お美羽さん、あまり先走らないように。読売屋に乗り込んだような無茶はいかん」

千江が、読売屋で何か、と問うような顔をした。お美羽は恥ずかしくなって俯いた。

山際のところを辞して家に入ろうとしたとき、後ろから誰か近寄って来た。振り向くと、お糸であった。ああ、お糸さん、と声をかけようとして、お美羽は眉根を寄せた。お糸の顔が、思い詰めたように強張っている。お美羽は、ちょっと入ってとお糸を家に上げた。

欽兵衛はまた将棋を指しに出かけたらしく、姿が見えない。和助を奉行所から預かっている立場なのに、なんて呑気なんだろう、と呆れながら、お美羽は座敷にお糸を座らせた。

「お糸さん、顔色が良くないわよ。和助さんは、どうしてるの」

「仕事もできず外にも行けずで、家でお酒を飲んで寝ています」

お美羽は眉をひそめた。昼間から酒を飲んで寝ているというのは、菊造などなら毎日の話だが、和助には今までなかったことだ。とはいえ、ただ家でじっとしているというのもやり切れまい。

「でも、私は出かけられるので……その……」

お糸は懐から何か引っ張り出した。それを見て、あれか、とお美羽は顔を曇らせた。お糸が出したのは、真泉堂の読売だった。

「それ、和助さんは見たの」

お糸はかぶりを振る。

「こんなの、見せられやしません。見たらあの人、怒って何をするか」

「それでいいわ。お糸さんも、こんなの信じちゃ駄目よ」

「はい。読売なんかもともと信じませんけど、このままだと和助さんが悪者にされて終わってしまいそうで、怖いんです」

そんなことないから、と言いかけると、お糸が畳に両手をついた。

「お美羽さん、うちの人のために調べ回っていただいてるんですね。ありがとうございます」

ああ、もうお糸の耳にも入ってたんだ。

「ええ、私もこのままじゃいけないと思って、扇座の清四郎さんたちと一緒に動いてるの。喜十郎親分からも言われてるし」

「え、じゃあ座元さんも、和助さんのせいだとは思ってないんですか。だとしたら、嬉しいです」

思ったより味方が多いと知って、お糸の顔が明るくなった。

「あの、何かわかったことってあるんですか」

「いえ……それはまだ、これから」

細工した者がいるかも、というのは、今のところ憶測に過ぎない。お糸や和助に伝えられる話ではなかった。お糸は「そうですか」と残念そうに言うと、お美羽の方に膝を進めた。

「お美羽さん、私にも手伝わせてくれませんか。ただじっと待ってるのは、辛くって」

「それは……」

思わず「はい」と言いかけたが、今お糸にやってもらえることはない。それより和助を一人にしたくなかった。

「気持ちはわかるけど、今は私たちに任せておいて。私たち、和助さんの方が心配なの」

お美羽はお糸の手を取った。

「和助さんの傍に付いてずっと気遣ってあげて。それができるのは、お糸さんだけよ」

お糸はそれを聞くと目を潤ませた。

「わかりました。どうかよろしくお願いします」

お糸はお美羽の手を握ったまま、深く頭を下げた。

六

お糸にあんな風に頼りにされたら、休んではいられない。長屋の仕事もそこそこに、お美羽はまた出かけた。山際と話したことを、矢倉に確かめてみたい。だが真垣家の屋敷に押しかけるわけにもいかず、取り敢えず扇座に向かった。

扇座の表はやはり竹組みで塞がれたままなので、裏に回る。戸を叩いて名乗ると、この前に顔を合わせた下働きの若い男が、顔を覗かせた。

「若旦那ですか。少々お待ちを」

下働きが引っ込んだので戸口で待っていると、さして間をおかずに戸がまた開き、清四郎が出て来た。格好からすると、出かけるところだったらしい。

「お美羽さん、ご足労で済みません。もしや、何かわかったことでも？」

期待するような目を向けられたので、矢倉に聞いてみたいことがある旨を告げた。

清四郎は、「ああ」と頷いた。

「ちょうどいい。これから矢倉様に会う用事があります。浅草御門近くの茶屋ですが、一緒に参りましょう」

浅草御門なら、両国橋を渡ってすぐだ。お美羽は参ります、と言って清四郎に従った。

「左京様の御屋敷は、どちらに」

「神田《かんだ》小川町《おがわまち》です。あちらからも、遠くありません」

小川町から扇座までは二十町余り、浅草御門《あさくさごもん》までは十五、六町だろう。扇座界隈まで度々足を運んでもらうのは、申し訳ない話だ。かといって、小川町辺りは武家屋敷ばかりで会合できる店などはない。やはり何度も会うのは大変だ、とお美羽は思った。

茶屋に入ると、清四郎はここにも度々来ているらしく、この前の回向院裏の店と同様、すぐ奥の座敷に通された。矢倉はまだ来ていない。二人きりで座敷にいると、逢引きと思われていないかと落ち着かなくなった。清四郎の方は、気にする様子はない。

幸いというか、矢倉は四半刻のさらに半分ほども待たないうちに来てくれた。

「待たせたかな。おや、お美羽殿も一緒か」

はい、先日は、とお美羽は両手をつく。大袈裟な挨拶は無用、と微笑みながら、矢倉は腰の大小を脇に置いて畳に座った。

「昨日の今日で私の方は収穫がなかったが、お美羽殿はもう何か見つけたのかな」

「はい。実はその、大変失礼な話なのですが、矢倉様にお伺いしたいことが」

「私に？」

矢倉は目を丸くしてお美羽を見返した。清四郎も驚いた顔になる。

「構わぬ。どんなことかな」

「はい。お姫様のことなのですが」

姫、と聞いて矢倉の顔が硬くなった。だが、駄目とは言われなかったので、お美羽は続けた。

「ご婚儀が近い、と聞きました。お差支えがなければ、御輿入れ先を」

清四郎が、あっという表情になった。清四郎は知っているらしい。

「なぜそれを、と聞いても詮ないか」

矢倉は、諦めたような苦笑を浮かべた。

「桟敷席の一件に、関わりがあると思ったのだな」

「はい」

はっきり答えると、矢倉は黙って頷いた。やはり矢倉も、それを考えていたのだ。

「昨日お会いしたとき、矢倉様はお家に関わる事情があるが、恨みなどではない、とおっしゃっていました。それが、この御婚儀のことだったのでは」

した。


「そうだ」

清四郎が、いいのですかと確かめるように矢倉を見た。矢倉は、構わんと目で返した。

「わかった。一緒に調べようと言いながら、お美羽殿に話さないのは筋が通らぬな」

矢倉は一度茶を啜《すす》ってから、お美羽の知りたかったことを話した。

「御輿入れ先は、御側衆《おそばしゅう》の加部《かべ》丹後守《たんごのかみ》様の御次男だ。御側衆とはどのようなものか、知っているかな」

「ええ……はい。公方様のお側にお仕えする大事なお役目ですね」

「左様。旗本の付く御役目の中では、最も格式が高いものの一つだ」

「では、相当なご大身がお付きになるのですね」

「丹後守様は七千石だ。家格も我が真垣家より高い」

矢倉は、ごくあっさりと言った。

「さらに丹後守様は、御側御用人への御取り立てが噂に上っている」

「ご出世あそばされるのですね」

「御取り立てになれば、同時にご加増で一万石となり、大名に列せられるであろう」

へええ、とお美羽はのけ反った。長屋の暮らしの中ではまず耳にすることのない、縁遠い話だ。

「では、つまりそれは……」

玉の輿、と言いかけて、あまりに失礼なので口を閉じた。代わって清四郎が言う。

「誠に良縁、ということです」

「そ、そうですね。でもそれほどの良縁となりますと、もしや……」

語尾を濁して矢倉の顔色を窺う。矢倉が承知して頷いた。

「その通り。これを良く思わぬ方々もいる。表立っては祝いを述べながら、裏では誇るような方々が、な」

お美羽は内心で顔を顰める。お偉い武家の間での、妬み嫉《そね》み。足の引っ張り合い。よくある話なのだろうし、町人の間でもしばしば耳にするが、聞いて楽しいものではない。

「平たく申しますと、その……縁談を壊そうとした誰かが、桟敷席に細工した、と考えられるわけでしょうか」

矢倉は、苦い顔をした。

「殿は、それをご心配だ。姫はご婚儀まで屋敷からお出にならぬよう致すゆえ、まず安心だが、扇座のことがもし憂慮するようなものであったなら、何者の仕業か探れ、とのことだ」

「しかし、姫様を狙ったのだとすると、これは大ごとです。どこかの旗本家などが絡むとしたら、余程慎重に探りませんと」

清四郎が言った。町方の手が出せないような身分ある誰かの差し金だったとしたら、下手に動くとしっぺ返しを食う、と考えているのだ。もっともな懸念だった。

「ちょっと待って下さい。まだ、誰かが細工したという証しは出てないんですよね」

お美羽は念のため確かめた。清四郎が、それはそうだと認めた。

「まずそこから固めませんか。誰がやったかについては、この前伺ったお話だと、扇座さんの周りにも疑わしい人はいるのでしょう」

「ああ、はい、そうです」

頷いてから、清四郎は何か考えるように少し黙り、改めて続けた。

「実はですね。証しというほどではありませんが、一つ気になることが」

これは矢倉も聞いていなかったらしく、その眉が上がった。

「何か見つけたのか」

「あの初日の前の晩ですが、泊まっていた囃子方の一人が、夜中にふと目を覚ましたとき、物音を聞いたような気がする、と言い出したのです」

「物音？　どんな」

「何かで木を叩くような音だった、と。はっきり聞こえるほど大きくなかったので、気のせいか夢の続きか、とそのまま確かめずに寝てしまったそうです」

「どこから聞こえたんです。桟敷席の方からですか」

お美羽は勢い込んで聞いた。

「舞台か客席側の方からだったように思う、と言ってました。夢うつつですから、そこまで明らかにはなりません」

「なるほど。それが桟敷席に細工する音だった、とは充分考えられるな」

矢倉の顔が紅潮してきた。

「だとすると、賊はどこから入ったのだ。裏の出入口か」

「いえ、そっちは戸締りしてますし、無理に開けたら音がします。しかも、ご承知の通り曲がった廊下をだいぶ進まないと客席に出ません。裏では親父と私も含め、役者や裏方が何十人も寝ているわけですから、気付かれずに入るのは難しいでしょう」

「ならば表の、客が出入りする鼠木戸はどうだ。あれなら入ればすぐに桟敷に行ける」

「そうですね。人が寝てる部屋からだいぶ隔たってるし、もし入るとしたら、あそこからでしょう」

「そこも、戸締りなさってたのでは」

お美羽が聞くと、清四郎は頭を掻く。

「してますが、客席なんて何も盗るものがないし、厳重に鍵を掛けてるわけじゃありません。雨戸を下ろしてましたが、木戸そのものには心張り棒だけですから、勝手を知っていれば割合簡単でしょう」

簡単、か。しかし心張り棒を外したなら、何か跡が残りそうな気もする。

「……ちょっと木戸を調べてみませんか」

唐突にお美羽が言ったので、清四郎と矢倉は顔を見合わせた。すぐに矢倉が賛同する。

「座ってああだこうだ言っているよりは良いな。参ろう」

言うなり矢倉は、真っ先に大小を摑んで立ち上がった。

扇座に着いた三人は、裏へ回った。表の木戸は戸締りしてあるし、二つの木戸口の間に並んだ障子には雨戸が下ろされている。木戸口の雨戸だけは上げられていた。間口を塞いだ竹組もそのままだ。まだ立ち止まって指差していく人も多かったので、人目を引かぬように気を付けた。

裏から入り、下働きの者たちに軽く声をかけて、表側に向かった。桟敷席の後ろを通り抜け、下足箱の前から木戸の内側に下りた。

まず清四郎がしゃがみ込み、目を凝らす。

「傷のようなものは、ついてませんね」

言いながら、心張り棒を取り上げて検《あらた》めた。お美羽は、障子戸の方をよく見た。

「枠の下の方に擦れたような傷がありますね」

どれどれ、と清四郎が覗き込む。

「ああ、心張り棒が擦れた跡のようですね」

そう言ってから、清四郎は首を傾げた。

「なんで心張り棒が擦れたんだろう」

「清四郎殿、この木戸は引き戸だな。心張り棒を入れても、持ち上げれば敷居から外せるだろう」

矢倉が言った。清四郎が、ああ、と首を振る。

「その通りです。この擦れた跡は、そのときに付いたんですね」

「外側の雨戸は」

「あっちはただ下ろすだけなんで、上げるのも簡単です」

聞いていたお美羽は、なあんだ、と拍子抜けした。これほどの芝居小屋なのに、表の木戸の戸締りは長屋の障子戸と大差ないのだ。金箱や衣裳部屋のある裏手さえ守られていればいい、という割り切りか。

「あの晩、誰か入ったとしたら、ここからで間違いなさそうですね」

お美羽は得心して言うと、客席の方を振り返った。そして、おや、と思う。

「あの、清四郎さん、崩れた桟敷席がだいぶ片付いているようですけど」

下桟敷に折り重なっていた壊れた板や材木が、半分以上なくなっていた。清四郎は、決まり悪そうな顔をした。

「ええ。私たちが昨日、杢兵衛親方のところに行ってる間にお役人が来て、折れた材木なんかを持ってったそうです。御白州で詮議するときの証しとして置いておくんでしょう。親父が立ち会ったんですが、早いとこ修繕したいんでどうぞ持ってってくれ、って言ったようで。ここでそのままにしとけば、もっと調べられたんですがねえ」

しまった、とお美羽は舌打ちした。材木は逃げないからいつでも調べられる、と思っていたのに、奉行所に押さえられるとは。それは考えておくべきだった。

「では、折れたところに細工の跡がないか、私たちが調べることはできないのか」

矢倉が、がっかりした様子で言った。

「まあ、もし玄人が細工したのなら、私たちが見てもわからないかもしれませんが」

清四郎が慰めのように言った。さて、材木がないなら、次は何を調べたらいいのだろう。

「清四郎さん」

突然、舞台袖から声がかかった。驚いて、三人一緒にそちらを向く。清四郎と同じくらいの年格好の、生真面目そうな羽織姿の男が顔を出していた。

「あ、こりゃあ淡路屋の若旦那」

清四郎は愛想笑いを浮かべ、そちらに歩み寄った。

「わざわざのお越しで。何かご用がございましたか」

「ええ、ちょっと様子を見に。清左衛門さんは常盤町のお宅の方ですか」

「はい。謹慎という格好で、お役人のお呼び出し以外は家におります」

「そうですか。扇座さんも、大変ですねえ」

そこで気付いたように、若旦那はこちらに目を向けると一礼した。

「あの、こちらの方々は」

「はい、桟敷席の一件に関わりのあるお方でして」

清四郎は、三人であの件を調べていることまでは言わず、お美羽と矢倉を紹介した。

「左様でございますか。私は、日本橋の指物問屋、淡路屋の寛一郎《かんいちろう》と申します」

寛一郎は、丁重な挨拶をしてきた。淡路屋は日本橋本石町《ほんごくちょう》に店を構えている、かなりの大店だ。お美羽も、すぐ近くの十間店《じっけんだな》で開かれる人形市に行ったとき、前を通ったので名前は知っていた。

「美羽と申します。淡路屋さんは、扇座さんのご贔屓筋と伺いましたが」

「はい。当主が大変、芝居好きでございまして。扇座さんにもずいぶん肩入れさせていただいておりますので、このたびのことは大変心配しております」

寛一郎は、ちらりと清四郎を見た。興行の見通しはどうなったかと問いたげだが、矢倉とお美羽の前では遠慮しているらしい。どうやら、父親に言われて尻を叩きに来たようだ。

「大変恐れ入ります。ご贔屓の皆様には誠に……」

「ああ、いやいや、いいです。お取込み中のようですし、このご様子ではしばらく興行は無理でしょう。また改めて様子をお尋ねに来ます」

寛一郎は言い訳するような清四郎の言葉を遮ると、お美羽と矢倉に「失礼いたします」と告げ、そのまま裏手へ帰って行った。

「ふう、やれやれ」

清四郎が大きな溜息をついた。

「ご贔屓筋にも気を遣わせているようだな」

矢倉が言うと、清四郎が苦笑する。

「気遣いと言うより、催促ですよ。淡路屋の旦那さんは、だいぶ気を揉んでいるようです」

「でもあの若旦那、このお使いは気乗りがしない風でしたね」

そりゃそうでしょう、と清四郎が言う。

「若旦那の心配は、芝居よりお金です。このままうちを閉めるようなことになれば、お世話いただいているお金が無駄になりますからねえ」

扇座もあちこちの贔屓筋から興行の元手を助けてもらっているだけに、失敗しましたご免なさい、では済まないのだ。

「なかなかに、そなたも大変だな」

矢倉が、同情するように言った。

「こういう生業ですから、仕方ありません。さて、今日はこのくらいでしょうか」

そうですね、とお美羽も言った。まだ大して先に進めていないが、何者かに細工された疑いが濃くなったのは、収穫だ。

そこでふと思いつき、裏手に向かいかけた二人を呼び止めた。

「あの、いかがでしょう。思い付くたびにお訪ねするのもなんですから、寄り合う時と場所を決めておきませんか」

話したいときに互いに探し回るのは厄介だ。矢倉も清四郎も、それを聞いてなるほどと賛同した。

「そうですね。皆さんお仕事もおありですから、二日おきに先ほどの茶屋で、ということで如何《いかが》でしょう。刻限は、八ツ（午後二時）くらいで」

清四郎が提案した。お美羽も矢倉も異存がなかったので、それで決まりになった。

「では三日後にまた。茶屋の主人には、言っておきます」

清四郎に送り出され、矢倉とお美羽は表通りに向かった。生憎ここからだと帰る方向は逆だ。矢倉は通りに出たところで、「では」と軽く頷くように挨拶し、すぐ背を向けて行ってしまった。もう少し愛想をしてほしいが、相手がお侍ではそうもいかないだろう。

でも、三日したらまた会えるのだ。二日おきにあんな素敵な殿方たちと座を囲めるなんて、と、つい嬉しくなってしまうお美羽であった。

七

なんとか夕餉の支度に間に合うように、家に帰れた。欽兵衛は、座敷で団扇を使いながら待っていた。今日は昼から、ずっとゴロゴロしていたようだ。私がいない間に、少しは長屋に目配りしておいてくれたらいいのに、と思ったが、毎度のことなので諦める。

「お帰り。今日も扇座さんの一件かい」

「ええ、そうよ。さっきまた、扇座さんの中を見て来た」

「そうかい。それで、何かわかりそうなのかい」

「まあねえ……誰かが桟敷の床に細工したんじゃないか、って感じになってきたんだけど」

「えっ、本当かい」

　欽兵衛は目を丸くする。

「じゃあ、悪い奴が裏にいるってことじゃないか。お前、大丈夫なのかい。いくら喜十郎親分の頼みだって……」

「喜十郎親分だけじゃない。和助さんだって、扇座の清四郎さんだって、みんな大変なんだから」

「それはそうかもしれないが、何もお前が……」

　小言を言いかけた欽兵衛だったが、違うことを考え付いたようだ。口調を変えて尋ねてくる。

「その扇座の清四郎さんは、どんな様子だい」

「どんなって？　贔屓筋からもせっつかれて、興行の心配をしてたけど」

「いやいや、そうじゃなく、その、何て言うか、お前に……」

「私に？」

「どういう心持ちでいるのか、とか……」

　何が言いたいのか気付いて、お美羽は噴き出しそうになった。お父っつぁんたら、また何を先走ってるの。そりゃあ、もしそんな気になってくれてるなら嬉しいけど、今はそれどころじゃ……いや、どうなんだろう。

お美羽はついつい、清四郎の言葉の端々や仕草に何か表れていなかったか、懸命に思い出そうとしている自分に気付き、慌てて首を左右に振った。

「やめてやめて。何考えてるかわかるけど、まだそんな話じゃないから」

「そ、そうかい。でも向こうからお前に頼んできたわけだし……」

欽兵衛は未練がましくぶつぶつ言っているが、お美羽は逆に、「障子割りのお美羽」という言葉が頭にちらつき出した。あれが何の意味か、清四郎が確かめようなんて思いませんように……。

「ご免よ。ちょっといいか」

表で喜十郎の声がした。

「それでどうだい。何かわかったか」

座敷に座るなり、喜十郎は前置き抜きで言った。欽兵衛は、ちょっと嫌な顔をする。

「親分から頼まれたのは、一昨日の話ですよ。気が早いですねえ」

お美羽はそう言いながらも、これまでにわかったことを伝えた。喜十郎はおとなしく聞いていたが、時々唸るような声を出した。口には出さないが、感心しているらしい。

「よし、わかった。やっぱり誰か、企んだ奴がいるようだな」

喜十郎は、決めてかかるように手を叩いた。

「まだ誰とも言いようがないんですがね。それで親分、私の話を聞きに来ただけなんですか」

おっ、と喜十郎が眉を動かす。

「ふん、見抜いてやがるな。実は、ちょいと気になる話が耳に入ってよ。伝えとこうと思ったんだ」

「あら、どんなことですか」

「深川大島町《おおじまちょう》の材木屋、杉田屋だ。名前は聞いてるか」

お美羽は、ぎくっとした。昨日、杢兵衛のところの与五郎から、確かにその名を聞いた。

「知ってます。扇座の普請に材木を納めた店ですね」

喜十郎が、やはり知ってたかと頷いた。

「そこで、ちょいときな臭《くせ》ぇ噂がある」

「え、何か悪いことをしてるって話ですか」

「ああ。ひと言で言ゃァ、横流しだ」

横流し？　それが、扇座のことと何か繋《つな》がるんだろうか。

「それがどう関わるんだ、って顔してるな」

見透かしたように喜十郎が言い、薄笑いを浮かべた。

「おいおい親分、嫁入り前の娘相手にする話かね」

言葉通りきな臭い、とばかりに欽兵衛が苦言を呈した。喜十郎が、まあまあと手を振る。

「欽兵衛さん、そう言わずに終いまで聞いてくれ。いいか、この杉田屋の横流しってのには、詐欺みてえな誤魔化しが入ってる。普請のために注文された質のいい木を仕入れてそれを他所に売り、注文主には質の落ちる材木を渡してそのまま代金をいただく、ってわけだ」

「材木の質について、客を騙《だま》すんですね」

それをやれば、施主から取る代金から、悪い材木といい材木の差額分が丸儲けになる。でも、そんなにうまく行くものなのか。

「しかし親分、そんなことをしたら大工が気付くんじゃないか」

欽兵衛が首を傾げた。もっともな話だ。大工も材木を見分ける目は、当然に磨いている。施主の注文より悪い材木が届けば、すぐ見抜くだろう。

「そりゃあそうだ。だからな、性質の悪い大工とツルんでやがるんだよ」

喜十郎は、どうだという顔になる。ははあ、とお美羽は思った。喜十郎は、杢兵衛に責めはないという証しを拾おうと大工連中に当たるうち、この噂を聞き込んだのだろう。

「でも、扇座に質の悪い材木を入れたって話じゃないですよね。杢兵衛さんも和助さんも、そんな悪事に手を貸すような人じゃないですもの」

「わかってらァな。だがよ、和助は今度初めて、大きな仕事を任されたんだろ。それまでは親方や兄貴分の下で仕事してたそうじゃねえか。場数を踏んでねえ分、材木の目利きもまだまだなんじゃねえのかい。そこを杉田屋に狙われた、って話はどうだ」

「初めての大仕事だからこそ、間違いのないように目を凝らすんじゃないですか」

どうも喜十郎の言うことには無理があるような気がした。

「親分は、桟敷席に使われた材木が悪くて、壊れたんだと言いたいのかい」

欽兵衛も、今一つ腑に落ちないようだ。喜十郎は苛立たしげに言った。

「そういうこともあるんじゃねえか、と言ってるだけさ。和助が下手を打ったって話や、誰かが細工したって以外にも、考えられることたァ考えとくんだよ」

それに関しては、お美羽も異存がなかった。

「壊れた材木は、御奉行所で押さえてあるんでしょう。それを調べ直せばいいんじゃ」

「ああ。青木の旦那のお指図で、材木は奉行所に運んである。ただ、徳市って大工が調べたときにゃ、質が悪い木だの何だのって話は出なかった。だから、旦那に調べ直してもらうにゃ、もうちっと何か要るな」

面子の話か。材木を検めるくらい、何度やっても良さそうなのに。お美羽が不満顔になっていると、欽兵衛が言った。

「その杉田屋さんてのは、店ぐるみで悪いことをしているのかい。扇座さんや杢兵衛さんは、どうしてそんな店に注文を出したのかねえ」

「うーん、それなんだが」

喜十郎は、そこが痛いというように眉間に皺を寄せた。

「今のところ、大工の何人かが噂してるだけでな。杉田屋の客先から出た話じゃねえんだ」

「世間には気付かれていないと？」

「気付かれてたら、とっくに大ごとになってらァな。それに、店ぐるみって証しもねえ。大工の一人は、番頭が店に知られないよう、こっそりやってるんじゃねえか、なんて言ってるしな」

「じゃあ、まだあやふやな話なんですか」

「言ったろ、噂だって。とにかく、耳には入れたぜ」

喜十郎はそれだけ言うと、そそくさと引き上げた。欽兵衛は、溜息をついてお美羽に言う。

「喜十郎親分、この話もお前にどうにかしてもらおうって肚かな。困るねぇ」

「で、噂が確かなものだったら、手柄にしようってのね。図々しいんだから」

お美羽は腹立たしく思ったが、このネタは無下にできないな、とも考えた。

「ねえお父っつぁん、この話、和助さんに尋ねてみるわ」

和助に？　と欽兵衛は眉をひそめた。が、すぐに思い直した。

「そうだねえ。和助にとっても、その方がいいかもしれない」

じゃあ今、とお美羽はすぐに縁側から外に出た。夕餉がまた遅くなるが、欽兵衛には辛抱してもらおう。


和助の家に行くと、ちょうどお糸が戸口の前に七輪を置いて、魚を焼いているところだった。お糸が顔を上げ、笑みを見せる。

「お美羽さん、煙たくしちゃってご免なさい」

「いいえ、夕餉の支度中に悪いわね。和助さんにちょっと」

そう断って障子戸を開けると、寝そべっていた和助が体を起こした。隅に大徳利と碗が置かれたままだが、昼間から酔い潰れるほど和助は崩れていないようで、お美羽はほっとした。

「和助さん、お邪魔するわよ」

「ああお美羽さん、大家さんにゃァ、いろいろ厄介かけちまって」

無精髭《ぶしょうひげ》の伸びた顔で、和助が詫びた。

「いろいろ考えたんだが、俺としちゃ、どうにも得心がいかねえんで」

「仕事に間違いはなかった、ってことね」

「へい。こう言うと叱られるかもしれねえが、やっぱり誰かが崩れるよう細工したとしか思えなくて。けど、どこのどいつがそんな、ってぇのは皆目見当がつかねえ」

そうなの、とお美羽は応じたが、和助を刺激しないよう、細工の疑いが濃くなっていることは言わないでおいた。

「ねえ、喜十郎親分も気にしてるんで、一つ確かめたいんだけど」

和助の顔が、酒気が飛んだように引き締まる。

「どんなことでしょう」

「あの普請に使った材木なんだけど」

「へい。柱と梁は欅《けやき》、根太《ねだ》や床板は檜《ひのき》です」

「床板を張るための下地です。床梁《ゆかばり》の上に間を置いて並べるんで」

「根太って？」

「そうなんだ。扇座では、その根太が折れたの？」

「それが、詳しく調べさせてもらえなかったんで……でも、見たところ、床梁も根太も折れてやした。床梁が折れりゃ、客の重みのかかった根太も支えきれずに崩れちまう。でも、まだ新しい床梁が折れるなんて、考えられねえ」

徳市が調べたことは無論、和助の耳には入っていない。和助からすれば、徳市の調べの結果は到底納得し難いものだろう。

「それでね、和助さん。使った材木は、ちゃんと注文通りのものだったの？」

「えっ」

何を言うんだ、とばかりに和助はお美羽を見た。が、お美羽はぎくりとした。和助の顔に、一瞬だが明らかな動揺が浮かんだのだ。そこでお美羽は三日前の朝、和助が挨拶に来たときのことを思い出した。材木が傷んでいなかったか、と聞いてみたとき、否定する和助の返事が妙に早いように感じたのだった。

「注文通りって、どういうことで」

「注文より質の落ちる材木が納められた、なんてことはなかったかと」

むしむしする夕方なのに、背筋がひんやりしてきたお美羽は、それを隠して聞いた。和助がかぶりを振る。

「いや、ちゃんとした材木です」

「間違って弱い木が使われたなんて、ないのね」

「そんな。間違いなく重さを支えられるものでしたよ。そいつは確かです」

そう答えた和助の顔には、曇りがなかった。あの一瞬の動揺は、気のせいだったのだろうか。

「材木を杉田屋さんに注文したのは、杢兵衛さんなの、和助さんなの」

「親方が、施主の扇座さんと相談した上で注文しました」

ここで再び、和助の目が泳いだ。やはりさっきのは、気のせいではないようだ。

「納品には杢兵衛さんが立ち会うの？」

「いえ、普請場に届きますから、俺が間違いないか確かめて受け取ります」

「じゃあそのとき、和助さん自身が普請に使って大丈夫な木だって得心したわけね」

「へい、そういうことです」

和助は背筋を伸ばすようにして返事をした。わかった、と頷いたお美羽は、どう解釈したものかと首を捻った。


「桟敷席の壊れていないところから、材木を取り出すんですか？」

翌日、朝から扇座にやって来たお美羽の話を聞いて、清四郎は目を剝いた。

「ええ。壊れたところのすぐ隣から、上桟敷の床を支えているものを一本。それが注文通りの材木なのか、確かめたいんです」

壊れたところの材は奉行所に持って行かれたが、無事なところの材はもちろん、そのままだ。上桟敷の床板を少々剝がすくらいなら、建物がこれ以上傷むこともないだろう。

「まいったなァ……」

清四郎は頭を抱えていたが、仕方ないですねと溜息をついた。

「大道具の者を呼んできます。ちょっと待ってて下さい」

清四郎は一旦奥に引っ込み、四十くらいの職人風の男を連れて戻って来た。

「大道具の常八《つねはち》です。何か壊すんですかい」

常八は、金槌と鑿と釘抜きを手にしていた。お美羽がしてほしいことを話すと、常八は驚いた様子で、「いいんですかい」と清四郎の顔を窺った。

「構わない。言われた通りにやってくれ」

「承知しやした。若旦那がおっしゃるんなら」

三人は揃って、上桟敷に上がった。壊れたところのすぐ手前まで行くと、常八がしゃがんで床に手をついた。

「ここでいいですね」

清四郎が頷くと、常八はすぐに鑿を打って床板を浮かせ、引っ剝《ぺ》がした。下の材木が露わになる。これが根太というやつだろう。思ったより太くて頑丈そうだ。

「その根太、だっけ。それを一本、取って下さい」

常八は何も言わず、お美羽の言葉通りに根太を剝がし、釘を抜くとお美羽に示した。

「これでよござんすかい」

「ええ。ありがとうございます」

お美羽は根太を持ち歩けるよう半分に切ってもらい、清四郎に礼を言うと、根太を手にして表に出た。行く先は、本所林町だ。半分になっても相当重いが、みんなのためと頑張って歩いた。

応対に出た与五郎は、根太を担いだお美羽を見て、一瞬呆気にとられたようだ。だが、すぐに大事な用と悟ったらしく、何も聞かずに杢兵衛のいる座敷に案内してくれた。

「こりゃあ、お美羽さん。どうしなすったんで」

杢兵衛はお美羽と根太を交互に見て、尋ねた。挨拶したお美羽は、苦労して運んだ根太を杢兵衛に差し出した。

「これは、扇座さんの桟敷席に使われていたものです。引っ剝がしてもらって、持って来ました。ちょっと見ていただけますか」

「へえ……これが何か」

杢兵衛は興味を引かれたらしく、半分に切られた根太の片方を持ち上げると、しばらく矯《た》めつ眇《すが》めつした。そして、顔を顰めた。

「これは、扇座さんの上桟敷の床に使ってたものに間違いありやせんかい」

「ええ。壊れたところのすぐ隣のものを、私が見ている前で剝がしてもらいました」

李兵衛が、うーむと唸る。

「こいつァ、初めの注文通りの木じゃありやせんね」

やっぱり！　とお美羽は膝を叩いた。

「どこがどう違うのかわかりませんが、注文なさったのより質が悪いんですか」

その通り、と李兵衛が答えた。

「控櫓とはいえ、江戸に幾つもない御上のお認めなすった芝居小屋だ。貧相な造りにゃできねえ。座元さんと相談して、一番上等の材木を杉田屋さんに注文しやした。それがどうだい、この木にゃあ節《ふし》がある」

「節、ですか」

お美羽は思わず鸚鵡《おうむ》返《がえ》しに言った。お美羽の目にする板や材木は、どれも節があるので、木とはそういうものと思っていたが。

「一番上等の材木は、柾目《まさめ》で節がない。そういうのを頼んでたんですがね。見る人が見りゃあわかるんで、扇座さんほどの建物に節が目立つような木は、格好悪くて使えねえ」

もちろん、客の目に入らねえ裏手なら使わなくもねえが、とも李兵衛は言った。桟敷席は上客が入るところだから、板が張られて見えない箇所でも上等の木を使うそうだ。

「誤魔化しがあったんですね。杉田屋さんが違う木を納めたと」

「いや、それよりもだ」

李兵衛は難しい顔になった。

「和助の奴が、これを見逃してそのまま使ったとなると、奴を見込んだのは俺の眼鏡違いってことになる。あの野郎め……」

李兵衛は腕組みして俯いた。裏切られたような思いなのだろう。お美羽は居心地が悪くなったが、それでも聞くべきことを聞かねばならない。

「あの、こういう木を使ったなら、その……」

李兵衛はお美羽が言いかけるのを制した。表情を緩め、お美羽を安心させるように笑みを浮かべている。

「いや、心配してなさることはわかるが、それは違う。確かに注文より質の落ちる木だが、客の重みを支えられねえほど弱いかというと、そんなことはねえ。見栄えを気にせず建てるなら、これでも充分だ」

現に桟敷席の他の部分は大丈夫だったじゃねえですか、と杢兵衛は言った。確かに、お美羽が持って来た根太には、傷んだところなど全くない。木の質のせいじゃなかったか、とお美羽は肩の力を抜いた。

「お美羽さん、いろいろと調べてくれてるようだね。いや、本当に済まねえ」

杢兵衛は、改めて頭を下げた。

「俺が動けりゃいいんだが、お役人の手前、どうにも窮屈でな」

「それは気にしないで下さい。清四郎さんたちも熱心に探ってくれてます」

有難《ありがて》え話だ、と杢兵衛は目を潤ませた。

「それにしても、和助だけじゃねえ。杉田屋め、どういうつもりなんだ。昨日今日、初めて注文したってわけじゃねえのに」

「間違えて納めた、ってことはあるでしょうか」

横流しの噂については触れず、聞いてみる。杢兵衛は、怒りの混じった声で言った。

「そんなものを間違えるようじゃ、材木屋の看板を下ろしてもらわねえとな」

杉田屋に代金を返させなきゃならねえ、と李兵衛は付け加えた。商いの信義にもとる、ということだ。でないと扇座にも李兵衛の顔が立たない。清四郎に話しておく、とお美羽は請け合った。

「和助さんにも聞いてみます。何かわけがあるのかもしれません」

李兵衛は、ああ、と呻くように応じた。


根太を持って入舟長屋に戻ったお美羽は、そのまま和助の住まいの戸口の前に立った。

「和助さん、入るわよ」

お美羽は障子戸を叩いてから、返事を待たずに開けて土間に足を踏み入れた。

「あれ、お美羽さん。その材木は何です」

何をするでもなく畳に胡坐《あぐら》をかいていた和助が、怪訝な顔をした。

「お糸さんは」

「買い物に出ました。半刻（約一時間）は戻らねえと思いやすが」

それは好都合、和助を問い詰めるのにお糸はいない方がいい。お美羽は畳に上がり、和助の前に座って根太を二人の間に置いた。

「これ、扇座の桟敷席から取って来たの。何かわかるよね」

和助の表情が強張った。

「上桟敷の床の、根太ですね」

「そう。壊れたところのすぐ隣のやつ。さっき、これを杢兵衛さんに見てもらった」

和助の肩が、ぎくっとしたように揺れた。

「で、その……親方は何と」

「注文したのより質が劣る木だって」

「えっ」

和助が、意外そうに目を見開いた。

「親方が、自分の注文と違う、と、そう言ったんですかい」

「そうよ。どうして和助さんが気付かなかったのかって、変な顔をしてた」

「ああ……何てこった」

　和助の様子は、お美羽が予想していたものとは異なっていた。何か思い違いを悔やむような感じだ。何だろう、とお美羽はさらに尋ねた。

「和助さん、本当に質の悪い木だと気付かなかったの」

「いや、実を言うと、気付いてました」

　和助は、困ったような顔で白状した。

「気付いてた？　じゃあ、どうして言わなかったの」

「そ、それはその……」

　和助は恥ずかしそうに目を逸らす。

「親方が扇座さんに内緒で、注文変えをしたんだと思いやして」

「はあ？　どうしてそんなことを杢兵衛さんがするのよ」

「そりゃつまり、その、足が出るのを避けたんだと」

　何ですって、とお美羽は目を丸くする。

「それ、こういうこと？　扇座さんに出した見積りより普請のお金がかかりそうになって、内緒で杢兵衛さんが節約したんじゃないかと思ったわけ？」

「その通りで……」

和助の声が小さくなった。自分が思い違いをしていたのに気付いて、悔やんでいるのだ。

「馬鹿ねぇ。杢兵衛さんて、そんなことする人じゃないでしょう」

「おっしゃる通りです。面目ねえ」

どうやら和助は、親方に恥をかかせないよう、材木の質が落ちていたのを黙っていることにしたらしい。まったく、余計な気遣いだった。

「杢兵衛さんは、木の質が落ちたから桟敷が壊れたんじゃない、って言ってた。あんたも、大丈夫だと踏んだからそのまま使ったのね」

「そうです。節にもいろいろあって、放っとくと折れやすくなるやつもある。けど、よく見たところそういうことはないとわかったんで、黙って使いやした。床板の下だから、見えることもねえし」

「わかった。この話、杢兵衛さんに私からしとく」

「へ、へい。よろしくお願いしやす」

和助は肩をすぼめて小さくなった。たぶん後で、杢兵衛から俺を見損なうようなとこっぴどく叱られるだろう。

「杉田屋は、あんたに見破られると思わなかったのかしらね」

取り敢えず材木の質については、杢兵衛と和助が嚙んでいたのではないとわかった。とすると、杉田屋の誰かが騙そうとしたのだ。それが桟敷が崩れた理由でないとはいえ、放ってはおけない。

「俺は舐《な》められたんですかねえ」

和助は口惜しそうに溜息をついた。

八

和助のところを出ると、ちょうど井戸のところで千江とお喜代が何やら立ち話をしていた。二人はお美羽に気付いて振り返り、肩に担いだ根太を見て目を見張った。

「お美羽さん、何だいそれは。修繕なら、甚平さんを呼べばいいのに」

お喜代が言うのに、違う違うと手を振る。

「扇座の一件の絡みなのよ。それで、和助さんとこに」

「まあ。材木までお調べに？　大変ですね」

千江が言った。からかわれたのかと一瞬思ったが、千江は裏表の全くない人だ。素直に感心しているらしいので、却《かえ》ってきまりが悪くなった。

「いやまあ、お節介って言われるばっかりですけど」

笑って返したとき、山際が障子戸を開けて顔を出した。

「どうした、お美羽さん。そんなものを持っているところを見ると、何かわかったのかな」

「ああ、はい」

ちょうどいい。山際にも聞いてもらおう。お美羽は千江と一緒に、山際の家に入った。

「ほう、そうか。それは和助も、要らぬ気を回したものだな」

一通りお美羽の話を聞いた山際は、苦笑混じりに言って、根太を取り上げた。

「ふうむ。見れば確かに節がある。値の張る材木は、こういう節がないのか」

「少ないほどいいらしいです。節にも生きてるのと死んでるのがあって、生きてるのがあると折れやすいとか」

「その辺りはよくわからんが、強さに難があるわけではなかったといえど、安い材木を高いものと偽って売るとは、商人の風上にも置けぬな」

山際は憤ってみせた。

「恐らく、一人前になったばかりの和助なら、親方の注文した材木に難を示すことを遠慮する、と見切ったのであろう」

「でもそれって、危ない橋ですよね。和助さんが直に杉田屋に捩じ込むことだって、充分あり得るのに」

「ふむ……向こうは焦ってでもいたのか」

山際が首を捻ったところで、戸が叩かれた。

「山際さん、お美羽さん、いなさるかい」

喜十郎の声だ。何の用だろう。千江が立って戸を開け、邪魔して申し訳ねえと言いながら喜十郎が入って来た。上がろうとはせず、急いだ様子で告げる。

「欽兵衛さんに聞いたら、お美羽さんは長屋の方だって言われてよ。井戸ンとこにいたおかみさんたちに、山際さんとこに入ったって教えられたもんでな」

「私にご用ですか」

「おう。青木の旦那が番屋に来ていなさる。あんたの話を聞きてえそうだ」

「え、青木様が」

それを聞いた山際も、身を乗り出した。

「青木さんが来てるのか。じゃあ、私も行こう」

喜十郎にも否やはなく、三人は揃って長屋を出ると、北森下町の番屋に足を運んだ。

失礼します、とお美羽が番屋の戸を開けてみると、真正面の上り框に腰掛けた青木が、腕組みしながら待ち構えていた。

「おう、呼び立てて悪いな。まあ上がれ」

青木と山際、お美羽、喜十郎は、座敷に上がって車座になった。

「お美羽、お前さん、扇座の清四郎や左京様のとこの若侍と、いろいろ嗅ぎ回っているらしいな。何を摑んだ」

さすがに青木は、お美羽たちの動きをしっかり見ていたようだ。お美羽は恐縮しながら、これまでのことを話した。

「ふうん、で、それが根太ってやつか。見せてみな」

青木はお美羽が手渡した根太を、上から下までじっくりと眺めた。

「青木さん、どうかな。これは、杉田屋が詐欺まがいの商いをした証しになるか」

山際が聞くと、青木は「そうだな」と答えた。

「杉田屋には横流しの噂があるって話は、喜十郎から聞いただろう。しばらく前から目を付けてたんだが、どうやらこいつを使って締め上げることはできそうだ」

青木は、両手で根太を振るようにしてお美羽に確かめた。

「こいつが、扇座の桟敷席のものだってこたァ、お前と清四郎が証明できるんだな」

「はい、間違いなく」

青木は満足したようで、よし、と掌で根太を打った。

「だが青木さん、扇座の桟敷が崩れたのは材木のせいじゃない。かと言って、和助のしくじりとも思えん。あそこを調べた徳市とかいう大工は、本当に信用できるのか」

山際が迫ると、青木の顔が渋くなった。

「まあ、奉行所が呼んだ大工だからな」

「ふうん。それを嚙み砕いて言うと、奉行所として呼んで調べさせた以上、信用できないなどと漏らしたら、体面に傷が付く、ということか」

山際の皮肉っぽい口調に、青木の顔がますます歪んだ。

「あけすけに言うな。こっちも立場があるんだ」

その言い方で、青木も徳市を信用できなくなっているらしいのがわかった。

「徳市さんの評判を、詳しく調べて選んだわけじゃなかったんですね」

お美羽が追い打ちをかけるように聞く。

「そんな暇があるもんか。あいつは、扇座の本櫓の西村座出入りの大工だってんで、呼んだだけだ」

青木も、急いだのを後悔している様子であった。

「青木さん、奉行所じゃ本当のところ、どう考えてるんだ。材木のせいでも和助のせいでもないとすれば、誰かが細工したってことにしかならないだろう。お美羽さんたちが調べたところでは、やりそうな者は幾人もいるようじゃないか」

詰問のような山際の問いに、青木は不快そうな顔をした。が、いつもなら「それはまだ言えねえな」などとニヤリとしてうそぶくはずの青木が、目を逸らして口籠もっている。

「あの、青木様、どうかされましたか」

お美羽が聞くと、喜十郎が目で、やめとけと止めた。お美羽は、それに気付かないふりをして青木をじっと見つめた。山際の目も、青木の顔から離れない。

青木は居心地悪そうに身じろぎしていたが、二人の強い視線に辛抱できなくなったか、唸るように溜息をついた。

「……奉行所じゃ、和助の不手際ってことになってる」

「はあ？」

お美羽は思わず気色《けしき》ばんだ。

「青木様ご自身も、そうお思いですか。違いますよね」

「壊れた桟敷の材木は、全て奉行所にあるのだろう。奉行所でよく調べようと思えば、幾らでもできるではないか」

山際も、不審そうに言った。青木は困ったような顔になる。

「勝手に調べるわけにはいかねえんだ」

「どうして」

「上からのお指図だ」

「何だって？」

山際が驚きを露わにした。

「上が調べさせない？　どういうことなんだ」

「奉行所じゃ、他にも山のような訴え事を抱えてる。扇座のことはさっさと終わらせて、次の仕事をしろ、と言われてるんだ」

山際の目が鋭くなる。

「それは建前だろう。上の方では、扇座のことを大工の不手際で片付けてしまいたい理由があるんだな」

青木は、そっぽを向いた。だがその仕草は、山際の言う通りと認めたも同然だ。

そこで喜十郎が割って入った。

「旦那はなぁ、上のお方がさっさと捨ててしまえと言う材木を、わざわざ奉行所まで運ばせて、御白州で決着がつくまでは、と捨てずに置いてなさるんだ。旦那もお疑いで、上の御意向に逆らって、何とかしようとご苦労されてんだよ」

だから責めるな、と言いたいのだ。いかにも堅物で融通が利かない青木らしいが、今回はそれが頼りになる。

「上というのは、御奉行か。与力か。誰かがその辺に話をしたか……いや、あんたの立場じゃ言えまいな」

山際は、まあそれはいい、と矛を収めた。

「もういっぺん聞くが、青木さんの本音はどうだ」

さすがに青木も、仕方ないと思ったようだ。肚の内を明かした。

「誰かの細工だろうな」

「証しは出そうか」

「何とも言えん。だがな、俺が見た限りじゃ、徳市の言うようなほぞ組みのしくじりじゃなく、後で鑿か何かで切り込みを入れたように思えた」

青木はお美羽の方を向いてさらに言った。

「だとすると、お前のさっきの話の中にあったな。初日の前の夜中、扇座の囃子方が客席の方から物音がしたのを聞いた、ってやつ。あれと符合する」

「なるほど。前の晩に扇座に忍び込んで、上桟敷の床梁とか根太に、客の重みがかかったら折れるような細工をした者がいたわけですね」

青木は無言で頷いた。

「ちょっと待って下さい。そこまでご承知なのに、このまま和助さんが責めを負うことになるのを見過ごすんですか」

腹が立ってきたお美羽は、つい声を大きくした。喜十郎が顔を顰める。

「おい、だからそれは……」

青木が手を上げ、喜十郎の口を止めた。青木はそのまま、お美羽に向かって言った。

「理不尽だってのはわかってる。こいつをひっくり返すにゃ、細工をした奴らをお縄にするしかねえ。といって、俺も証しを握っているわけじゃねえから、動くには限りがある」

「でも、ですねえ……」

言いかけたお美羽を、今度は山際が止めた。

「お美羽さん、青木さんの言いたいのはな、和助を救うには、お美羽さんたちがこの一件を仕掛けた連中を突き止めるしかない、ということだ」

「えっ……」

お美羽は目を丸くして青木を見た。喜十郎はともかく、八丁堀が素人の娘に、捕物をやれと言うのか。いや、実際に何度もその真似事をして、青木にも認められてはいたのだが、本来青木は止めるべき立場のはずだ。

だが、青木の目は真剣だった。青木自身も、思うように調べを進められない中、やむを得ないと肚を括ったのだ。それを汲んだお美羽は、居住まいを正した。

「わかりました。やります。何としても」

青木は「頼む」とは言わなかった。が、「無茶をするな」とも言わなかった。代わりにひと言、付け加えた。

「一つ解せねえところがある。あれが細工だとすると、前の晩から床梁か根太に、切り込みが入れられてたことになる。折れるほど深く、だ。上桟敷の床は下桟敷の天井だ。下桟敷の客が上を向けば、床梁も根太も床板もはっきり見える。だが下桟敷の客に聞いても、そんな切り込みや傷に気付いた者は、一人もいなかった」

お美羽は、杢兵衛が同じことを言っていたのを思い出した。青木もそこが腑に落ちないらしい。

「みんな舞台に気を取られてたから、ということはないですね？」

「扇座は新築して初めて客を入れたんだ。舞台に役者が出る前は、みんな珍しがってあちこちきょろきょろ見回してた。大きな傷がありゃ、多少暗いとはいえ目に留まったはずだ」

それについては、お美羽も同じ見方だった。改めて考えてみなくては。

「よし、青木さん、扇座と和助のことについての立場は、わかった」

そこで山際が一度手を叩き、まとめるように言った。それから、青木が傍らに置いたままの根太を指した。

「だが、そっちの話は別筋だろう」

そうか、とお美羽は気付いた。杉田屋の材木詐欺、或いは横流しは、扇座のことと切り離して詮議できる。ならば、放っておくことはない。

青木は眉を上げ、根太に目を落とした。そうして再び顔を上げ、薄笑いを浮かべた。

「確かに。こっちは、隠れちまわねえうちにさっさと動いた方がいいな」

青木は根太を摑むと喜十郎に突き出し、「これ持ってついて来い」と言うなり、さっと立ち上がった。

深川大島町の杉田屋は、三代続くそこそこの大店で、間口十二間ほどだ。脇の路地から裏手にかけて、材木問屋から製材を経て届いた種々の太さ、長さの材木が、ずらりと並んでいる。界隈は材木屋が多く、通りにも濃い木の香が漂っていた。

四人は、青木を前に立てて道の真ん中を進んで行った。お美羽までついて来るのに気付いた青木は、振り返って渋面になったが、先ほどあんな話をした手前、来るなとも言えなかったようだ。そのまま足を緩めず、勝手にしろとばかりに黙って前を向いた。

杉田屋の前に来て足を止めたお美羽は、おや、と思った。妙に人がばたばたしている。商いで賑わっているのかというと、店の者たちの表情が一様に強張っているので、どうも違うようだ。

青木も、様子がおかしいことにすぐ気付いたらしい。ちょうど暖簾を割って出て来た手代に、十手を抜いて示した。

「おい、北町の青木だ。主人はいるか」

青木の姿を見た店の者たちの動きが、一瞬止まった。

「は、はい。すぐお呼びいたします」

手代は慌てて店の中に駆け戻った。お美羽たちは青木に続いて、店の暖簾をくぐった。

「山際さん、これ……」

お美羽が囁くと、山際も店の奥を睨みながら頷いた。

「何かあったようだな」

すると間もなく、騒々しい足音がして、奥へ通じる廊下から白髪交じりの細身の男が飛び出して来た。息せき切って、という格好で、明らかに異様だ。

「ああ、八丁堀のお役人様。ちょうどいいところにおいで下さいました。主人の孫《まご》右衛門《えもん》でございます」

杉田屋孫右衛門は、慌ただしく床に手をつき、青木に向かって平伏した。

「どうした。いったい何事だ」

さすがに面喰らったようで、青木が急いで尋ねた。孫右衛門は、青ざめた顔を上げた。

「番頭の多兵衛《たへえ》という者が、店の金を持って逐電したのでございます」

何、とお美羽たちは揃って唖然とした。

「いつわかった」

「はい、多兵衛は今朝早くから、東永代町《ひがしえいたいちょう》の客先に行くと言って店を出たのですが、昼近くなっても戻りませんで。用事もあったので呼びにやらせたところ、来ていないと。もしやと思い、先ほど帳場を調べましたら、用意してあった金子が消えておりました」

「なくなった金は、どれほどだ」

「はい、十両と二分になります」

十両か。十両という金は盗めば死罪だが、杉田屋ぐらいの店であれば、さほど大騒ぎする額ではない。番頭がその程度の金を持ち逃げするとは、どうしたことだろう。

「それだけでは、ないんじゃありませんか」

思わずお美羽は口に出した。喜十郎が目を剝き、青木が振り向いて睨んだ。お美羽は、まずいと思って山際の後ろに隠れた。青木は咳払いすると、孫右衛門に言った。

「お前は今、もしやと思い、と言ったな。番頭が二刻やそこら、黙ってどこかへ行ったくらいで、帳場を調べようとは思わねえだろう。その多兵衛という番頭、前から何か疑わしいところがあったのか」

孫右衛門は肩を落とし、唇を噛んだ。

「恐れ入りました。おっしゃる通りでございます」

「よし、店先ではなんだ。奥で話を聞こう」

孫右衛門は、畏まりましたと立ち上がり、一同を奥の座敷に案内した。お美羽も山際も、当然のような顔でついて行った。

座敷に落ち着くと、茶が出るのも待たず、孫右衛門はすぐさま切り出した。

「実は前々から、多兵衛が材木を横流しして代金を懐に入れているのでは、と思える節があったのです」

「ほう、番頭が勝手に店の商売物を横流ししか」

青木は初めて聞いたような顔で言った。お美羽と山際は、思わず顔を見合わせた。

「はい。どうやら、施主様からご注文いただいたものより質が悪く安い材木を、納めていたようでございます。本来納めるべき高い材木は、他所へ闇で売り飛ばしていたようで」

「その差額は、多兵衛とやらの懐に入ったわけだな」

「左様でございます」

「どのくらいになる」

「調べ始めたところで、まだしかとはわかりかねますが、何年にもわたる話でございますので、何百両という額になるかと」

「それを長い間、気付けなかったってのか」

「誠に、面目次第もございません」

孫右衛門は恐縮し、畳に額をこすりつけた。

「で、どうして気付いたんだ」

「三月ほど前の話でございますが、うちのお納めした材木で新築をなすったお客様とお会いしましたとき、客間の鴨居の裏側にある節が、いい味を出していると言われました。そのお客様は、たまたまそれが気に入ったというお話だったのですが、そちらの普請には節などない柾目の材をお納めしたはず。気になって調べましたところ、帳簿ではきちんと柾目を納めたことになっておりましたので」

「そいつを扱ったのが、多兵衛だったんだな」

「はい。材を取り違えるような初歩の誤りをする男ではありませんので、まさかとは思ったのですが、念のため幾つか確かめてみますと、他に何件も見つかりました」

そうかと応じ、青木はちらりとお美羽に目をやってから続けた。

「間違った材木を納めたら、大工がまず気付くんじゃねえのか。そんな苦情はなかったのか」

「おっしゃる通りです。手前も、大工から何も言ってこないのは妙だと思いました。これはその、おそらく……」

孫右衛門の額に汗が浮き始めた。確信はないのか、口籠もるところを、青木の方から言った。

「大工も一枚嚙んでる、ってことか」

「は……証しはございませんのですが……儲けを山分けしたやもしれません」

青木はお美羽が最も聞きたいと思ったことを尋ねた。

「その大工に、心当たりは」

「帳面を突き合わせて、これから調べます。もしかすると、一人ではないかもしれません」

「よし、急いでくれ。多兵衛の家はどこだ。家族は」

「家は西平野町《にしひらのちょう》です。女房と先日離縁して、今は独り身です」

「家以外に、行きそうなところは思い付かねえか」

「いえ……それは。しばらく前には女がいたような話を聞きましたが、もう手を切ったはずで」

女房とも女とも別れた独り身なら、身軽にどこへでも行けるだろう。見つけるのは、簡単ではなさそうだ。

青木は多兵衛の人相風体と人となりについて詳しく聞いた後、大工のことがわかり次第知らせるように念を押して、杉田屋を出た。杉田屋は如才なく袖の下を渡そうとしたが、青木は受け取らなかった。お美羽と山際については、何者だろうと探るような目をしていたが、青木の配下だと考えたようで、何も聞かれなかった。

通りに出た四人は、そのまま北森下町へと引き返した。普段でも口数の多い方ではない青木は、御役目となると、必要のあること以外は喋らない。杉田屋でのことを話題にするでもなく、一同は黙々と歩いた。

だが、入舟長屋が近付いた別れ際、青木は足を止め、前を向いたまま独り言のように言った。

「多兵衛と大工は見つけ出す。そっちはそっちで、好きにやれ」

扇座に関してはお美羽たちに委ねる。そう解したお美羽は、「はい」と深く頭を下げて青木を見送った。

九

その晩、夕餉を済ませて、欽兵衛と杉田屋のことを話していたときである。縁先から、「今晩は」と声がした。お糸だ。天気もいいしちょっと蒸す宵なので、雨戸はまだ閉めていない。お美羽は立って、障子を開けた。

「お糸さん、ご用かしら」

「ええ、うちの人に、今日お美羽さんたちが青木様のところへ行ったみたいだけど、何かあったのか聞いて来るように言われて」

「ああ、そのこと」

お美羽はお糸を縁側に座らせ、蚊取り線香と団扇を持って来て、杉田屋の話をした。

お糸は顔を曇らせた。

「じゃあ杉田屋さんの番頭さんが、お金のためにそんなことを」

「そうなの。青木様も和助さんのせいじゃないって思ってるみたいなんだけど、材木のせいで桟敷が崩れたんじゃなさそうだし、和助さんを助けるはっきりした証しはまだ見つからなくて」

「奉行所にある材木を目の利く者に調べ直させれば確かめられる、とは思うが、こでそれを言うわけにもいかなかった。

「わかりました。お世話おかけして、済みません。ありがとうございます」

お糸は、丁寧に礼を述べて帰った。後ろ姿を見て、欽兵衛は溜息をつく。

「お糸さんも大変だねえ。まだ一緒になって間がないというのに」

「だからこそ、私たちが何とかしてあげないといけないのよ」

きっぱり言うと、欽兵衛は「うん」と小さく頷いて、奥に引っ込んだ。お美羽は、ついでにもう雨戸を、と思って戸袋に手を掛けた。その途端、慌ただしい足音がして、驚いたことにお糸が駆け戻って来た。だいぶ慌てた様子だ。

「お美羽さん、うちの人が、和助さんがいないんです」

どうしたの、と聞く前にお糸が急き込んで言った。えっ、とお美羽は眉をひそめる。

「いないって、さっきお糸さんが出て来るまではいたんでしょう」

「ええ。厠《かわや》かと思ったけど違うし、どこにも見えないんです」

長屋から出たということか。疑いが晴れつつあるとはいえ、まだ大家預かりの身で、それは良くない。

「飲みに行ったとかじゃなく？　心当たりはないの」

お糸はかぶりを振る。

「大家さん預かりになって、ずっと長屋を出ていなかったのに、今ここで出かける理由の見当がつきません」

　欽兵衛も奥から出て来た。和助が消えたとなれば、預かっている欽兵衛の責めになるので、少しばかりうろたえている。

「いないなら、捜さなくては。誰か見た者はいないかね」

　もう五ツ（午後八時）近いし、外に出ている者はいない。長屋の誰にも、見られていないだろう。

「山際さんと一緒に、捜してみる」

　お美羽は欽兵衛にそう告げ、下駄をつっかけて外に飛び出した。

　お美羽とお糸から話を聞いた山際は、それは心配だとすぐに出張ってくれた。通りに足を踏み出し、二人に尋ねる。

「どっちへ行ったと思う」

「さあ、それは……」

　お美羽は左右を見たが、どちらとも決められなかった。

「手分けするか。なら、あと二、三人は手が要るな」

山際が、誰か呼ぼうと戻りかけたとき、すぐ南の角をふらふらと曲がってくる提灯が見えた。誰だ、と目を細める。近付くと、提灯の灯りで顔が見えた。菊造だ。歩き具合からすると、しこたま酔っている。

「菊造さん！」

「え？　あ、ああ、お美羽さんに山際の旦那。なんでまたお出迎えなんか」

「誰が出迎えるもんですか。どこ行ってたの」

「あー、すぐ近く。南六間堀町の居酒屋だよ。そこで飲んでたらすっかり遅くなっちまって、提灯借りて帰《けえ》ってきた」

「たくもう、いつから飲んでたのよ。そんだけ飲む金があったら、さっさと店賃を……」

いや、そんなこと言ってる場合じゃない。

「ちょっとあんた、和助さんを見なかった？」

「和助？　ああ、そう言や見たな。こんな遅くにどうしたのかなって」

「何、見たのか」

山際が菊造の襟元を摑んだ。

「どこで見た。どっちへ行った」

菊造は山際の勢いに、濁った目を白黒させた。

「どこってそのすぐ先の、北之橋のとこで。常夜灯があったんで顔が見えたんだ。大川の方へ歩いてったな」

「ええっ、大川の方なんかへ、どうして」

お糸が引きつった声を出した。山際がさらに質《ただ》す。

「和助はどんな様子だった」

「どんなって、はあ、ちゃんと歩いてやしたよ」

半分呂律の回らない答えが返り、これは駄目だというように山際は菊造を放した。わけがわからない様子の菊造から、提灯を取り上げる。

「こいつを借りるぞ。お糸さんは、欽兵衛さんに言って喜十郎親分を呼んでくれ」

山際は提灯を持って駆け出した。お美羽もすぐ後を追った。

北之橋を渡り、六間堀町と八名川町《やながわちょう》の間の道を行くと、ほんの三、四町で大川堤の通りに突き当たる。そこまで出ると、山際は提灯を掲げて左右に目を走らせた。

右は御船蔵、少し左に行けば新大橋がある。後ろは武家屋敷。この刻限に人通りはない。

「山際さん、どっちへ……」

「しいっ」

問いかけたお美羽を、山際が黙らせた。耳を澄ましているようだ。お美羽も息を詰める。すると、南側の土手下から、がさがさという音が聞こえた。山際が、さっと駆け出す。
二、三十間先で、黒い影が揉み合うようにしているのが、弱い月明かりに浮かんだ。同時に、呻き声のようなものを捉えた。お美羽が声を上げようとしたとき、音の調子が変わり、黒い影が一つ、土手道に駆け上がってきた。山際の提灯に気が付いたのだろう。
「待てッ」

山際は提灯を投げ捨て、追いすがろうとした。影になった相手は何かに躓《つまず》いたか、前にのめった。が、すぐに立ち、山際に向き直る。胸元で、月明かりに何かが光った。匕首《あいくち》のようなものを出して、脅すつもりのようだ。

　これを見た山際が、すかさず抜刀した。お美羽はすくんで、立ち止まった。だが、山際の剣の腕は相当なものだと知っている。血を見るのが何より嫌いな性分のため、山際は滅多なことでは刀を抜かないが、一度抜けば、数人の匕首を一度に叩き落とすような離れ業をやってのけるので、やくざ者の一人や二人、物の数ではない。

　山際が一歩踏み込んだ。相手は敵わぬと思ったのか、匕首を持ったまま身を翻し、脱兎の如く駆け去った。山際は追うのを諦め、刀をしまった。

「うーん、畜生」

　下で呻き声がして、影がもう一つ、道に這い上がってきた。提灯の燃え残りが、その顔を照らす。

「和助さん！」

　お美羽は叫んで駆け寄った。ようやくのことで道に上がった和助は、お美羽の声を聞いて安堵したらしく、その場にへたり込んだ。

「大丈夫？　怪我はない？　いったいどうしたの」

「そ、それが、押さえ込まれて水に突っ込まれちまって」

　和助はそれだけ言って、咳き込んだ。着物に触れると、確かにぐっしょり濡れている。

「今、逃げてった奴ね。知ってる顔だった？」

「いいや。暗くて顔ははっきり見えなかったが、会ったことのある奴じゃないみたいだ」

山際がすぐ横に片膝をついた。

「水に押し込まれるところだったか。溺れさせようとしたんだな」

「へ、へい。山際の旦那ですか。おかげで助かりやした。ありがとうございやす」

「礼はいい。立てるか」

へい、と答えて、和助はよろよろと立ち上がった。それを山際とお美羽が両側から支えるようにして、ゆっくり歩き出した。和助は、畜生、何でこんな目に、などとぶつぶつ呟いている。

北森下町への道を辿りながら、お美羽の胸に怒りが湧いてきた。あの影の相手は、和助を殺そうとしていたのだ。和助は人に恨まれるような男ではない。ならば、扇座の一件に絡んでのことに違いなかった。誰が糸を引いているのか、絶対に見つけ出してやる。

入舟長屋に着くと、お糸が半泣きで和助に抱き付いた。

「和助さん、良かった、良かった。もう、ほんとに……」

「だ、大丈夫だ。心配すんな」

和助は安心させるようにお糸の背を叩き、家に入って濡れた着物を脱ぐと、畳に座って大きく息を吐いた。騒ぎで酔いが半分醒めたらしい菊造を始め、長屋の連中が何事かと集まって来る。そこへ欽兵衛と一緒に喜十郎もやって来た。

「何だい、何があったんだ」

喜十郎は和助の様子を見て、表情を硬くした。山際が声を低めて言う。

「和助が襲われたんだ。御船蔵の南の、大川べりで」

見知らぬ男に溺れさせられるところだった、と聞いて、喜十郎が目を剝く。

「どうなってんだ。おい和助、そもそもお前は何であんな人通りのねえところに、こんな夜遅く出かけたんだ」

「そ、それが……」

和助はお糸に済まなそうな顔を向けて、脱いだ着物の懐から、丸めた紙切れを出した。

「何だこりゃあ。濡れて滲《にじ》んじまって、読めねえぞ」

紙切れを開いた喜十郎が、顔を顰めた。

「もしかして、この紙切れで呼び出されたの」

お美羽が聞くと、和助は「そうなんで」と答えた。

「昼間、お糸が買い物に出てる間に、裏の塀の上から投げ込まれたんですよ。扇座のことは俺と親方のせいじゃねえって証しがある。それを渡すから、宵五ツにあの場所まで来いって、そう書いてあったんです」

「どうして知らせなかったんだね」

欽兵衛が責めるように言った。大家預かりの身なのだから、まず自分に知らせるのが筋だろう、というわけだ。和助は、済まなそうな顔をする。

「このことは誰にも言うな、女房にも言うな、って書いてあったんです。それで……」

「正直にその通りにしちゃったのね」

お美羽が窘《たしな》める口調で言うと、お糸が「馬鹿正直なんだから、この人は」と和助を小突いた。和助は「勘弁してくれ」と素直に詫びる。

「呼び出した相手は、和助のそういう性分も勘定に入れていたのかもしれんな」

山際が言うと、喜十郎も得心したような顔になった。喜十郎は改めてお美羽たちの方を向く。

「で、山際さんにお美羽さん。あんたらがそいつを追い払ったんだな」

とっ捕まえてくれりゃ良かったのに、と都合良く考えているのに気付き、お美羽は喜十郎を睨んだ。気圧《けお》されたように、喜十郎が咳払いする。

「ええとだ。そいつァ、何で和助を殺そうなんて思ったのかだが、考えはあるかい」

喜十郎が一同に向けて聞いたが、それはお美羽には明白のように思えた。

「親分、今もし和助さんが大川で土左衛門《どざえもん》になったりしたら……」

そこでお美羽は、言い方がまずかったかとお糸を見た。だがお糸は、気にしていないようだ。何があったか知りたい気持ちの方がずっと強いのだろう。お美羽はそのまま続けた。

「大川に浮いたら、世間はどう思います？　扇座のことを苦にして、身投げしたってことにされちまいませんか」

「ははあ。あれは和助の不始末だったってことで幕引きしたい奴の仕業、ってわけか」

奉行所の上の意向がそういう方を指している、と承知の喜十郎には、すぐ腑に落ちたようだ。

「あれが青木の旦那が睨んだ通り、誰かの細工だったなら、そいつが和助を始末しようとしたんだな」

「うむ。私もそう思う」

山際もはっきりと賛同した。和助が歯軋《はぎし》りする。

「くそっ、あいつが……逃がすんじゃなかった」

「何言ってるの。まず命が大事でしょう」

お糸が厳しい声を飛ばし、和助が小さくなった。夫婦のこの先がわかるような気がして、お美羽は内心で微笑んだ。

「で、そいつは誰なんだ」

喜十郎が間の抜けたことを言った。

「それがわかってりゃ、苦労はありませんよ」

お美羽が呆れたように返すと、周りの皆が揃って頷いた。

朝になると、和助もお糸もすっかり落ち着いたようだ。様子を見に行った欽兵衛とお美羽は、安心して家に戻った。

「やれやれ、取り敢えずは良かった。しかし、和助はいつまでこのままかねえ」

欽兵衛は昨夜、もう和助に責めはないことが明らかになってきたんだから、大家預かりを解いて仕事に戻してやってもいいだろう、と喜十郎に言った。だが、喜十郎の答えは、「本当の咎人《とがにん》をお縄にして、青木の旦那が上の方々を納得させるまで駄目だ」とにべもなかった。

「だから一生懸命、何が起きたのか探ってるんじゃないの」

お美羽が言うと、欽兵衛は眉間に皺を寄せる。

「それなんだがね。和助があんな風に襲われたんだ。お前だって危ないんじゃないのかい。この辺でやめておいたらどうだね」

そうはいかない、とお美羽は思う。欽兵衛が心配するのもわかるが、中途で投げ出すなんてとても辛抱できない。

「一人でやってるわけじゃないのよ。清四郎さんだって、矢倉様だっているんだし、いざとなったら山際さんも」

そうは言っても、などとまだ言い募る欽兵衛を宥《なだ》め、お美羽は溜まっていた長屋の用事を順に片付けた。そろそろ汲み取りが来るし、二、三日したらまた店賃を集めなくてはならない。やることは幾らでもあった。

あっという間に一日が終わり、清四郎と矢倉と会合する日になった。この一両日でいろいろな動きがあり、話すことは一杯ある。あの素敵な二人に喜んでもらえるだろうか。向こうも何か、これはという話を摑んでいるだろうか。お美羽は八ツが待ち遠しかった。

両国橋をいそいそと渡り、八ツ少し前、茶屋に入った。主人はお美羽の顔を覚えていて、「お待ちです」と言うとすぐに奥へ通してくれた。早めに来たつもりが、また向こうを待たせてしまったようだ。

「済みません、お待たせいたしまして」

畏まって座敷に入ると、矢倉と清四郎が並んで迎えた。

「なに、こちらが早く来過ぎたんだ。さあ、こちらへ」

矢倉が示すまま、向かい合って座る。再び一礼してから顔を上げると、清四郎も矢倉も、ほんのり上気しているように見えた。お美羽も、少しばかり赤くなる。

「お美羽殿、清四郎殿から根太のことは聞いた。女子の身というのに、すっかり働かせてしまい相済まぬ」

矢倉が労るように言い、はにかむように清四郎の方へと目を逸《はし》らせた。お美羽はつい、もじもじしてしまう。

「い、いいえ。そんな大したことでは。でも、材木に誤魔化しがあったことははっきりしました」

お美羽は杉田屋の件と和助のことを詳しく話した。二人が、感心した様子で目を見交わす。

「そこまで明らかにしていただけたとは。いや、恐れ入りました」

「とんでもない。私の力ではなく、青木様や山際様のお働きですから」

謙遜してみるものの、矢倉と清四郎の賞賛の眼差しが心地よかった。

「それにしても、和助さんを殺そうとするとは。荒事を厭《いと》わない奴なんですねえ」

清四郎が顔を曇らせた。

「うむ。初めに戻るようだが、そやつらは何者なのか、だ」

矢倉が顔を引き締めて腕組みする。普段は柔和で優しげなのに、そういう様子はなかなかに精悍《せいかん》だ。お美羽はまたちょっと惹かれてしまった。

「前にそのことをお話ししたときは、姫様の御婚儀を喜ばぬお方か、扇座を妬んだり貶《おとし》めたりする商売敵か、とお考えでしたね」

お美羽が言うと、矢倉が「左様」と応じた。

「そちらの方だが、この三日で少々探ってみた。いろいろと噂する者は多くいるが、手を下して縁談を潰そうとまでするとなると、考えられるのは……さる御家だ」

矢倉は躊躇いながら言った。それは同じ旗本家なのだろうが、さすがに名を明らかにするのは憚《はばか》られるようだ。

「その御家の方々は、和助さんに責めを負わせて亡き者にしてしまうほど、冷酷なのですか。それとも、余程追い詰められる事情がおありなのですか」

婚儀を潰すために人殺しも辞さない、というのは、かなり乱暴に思えたので、そこを聞いてみた。矢倉はまた躊躇いつつ、苦い顔で答える。

「そのお方は、我が殿と同じ交代寄合でな。やはり年頃の姫がおられて、噂では、当家の姫のお相手となるお方を狙っていたらしい。聞くところによると、初めは当家よりも話が進んでいたそうだ」

なるほど。御側用人に出世する見込みのあるお方の縁者にならば、誰しもなりたいだろう。そのお方としては、鳶《とんび》に油揚げ、というところか。

「どうして話が変わったのでしょう」

遠慮なく聞いてみると、矢倉は何とも言えない表情になった。

「有《あ》り体《てい》に言ってしまえば、器量の良し悪しの差だ」

なあんだ、とお美羽は噴き出しそうになった。そういう単純な話なら、仕方ないわ。

「家格は当家より僅かながら上で、そう自負もしておられる。しかし、近頃は金の工面に難儀をされていると漏れ聞く。こう申してはなんだが、良き御役を得ようと無理をし過ぎたらしい」

ははあ、とお美羽は内心で頷く。御役に就くため御城のお歴々に賂《まいない》をばら撒く、というのはよく聞く話だ。そのせいで台所が火の車になり、御側用人の縁者になってこぼれに与《あずか》ろう、というわけか。何とも下世話でみっともない。

「しかし、そのために人殺しまでするでしょうか」

清四郎が困惑気味に言った。矢倉もそれは考えたようだ。

「そこまでは、とも思えるが、御家の面目がかかっているとなれば、町人一人の命など、と思ってもおかしくはない」

「そんな、酷い」

お美羽は憤りを顔に出して言った。人の命を何だと思っているのだ。

「まあまあお美羽さん、怒るのはもっともだが、まだ、もしかしてという話ですから」

清四郎が宥めに入った。その通り、今は考えられる疑いについて話しているだけだった。失礼しました、と赤面する。

「お美羽さんは、真っ直ぐな方なんですね」

清四郎が目を細めて言ったので、お美羽は少しうろたえた。

「あ、いえ、お恥ずかしい。そうだ、あの、青木様のお話からすると、御奉行所の上の方に調べを控えるよう話をされた方がいるみたいなんですけど、それが今言われた方なんでしょうか」

半ば照れ隠しで、思い出したことを聞いてみた。すると意外なことに、矢倉が困った顔で俯いた。

「いや、それは……我が殿だ」

「えっ、真垣の御殿様ですか」

お美羽と清四郎は、驚いて同時に言った。

「いったい、どうして」

矢倉が溜息をつく。

「もし万一、あれが姫様を狙ったものだと明らかになれば、騒動が大きくなる。喧嘩両成敗のような形で、縁談そのものが取り消される恐れもある。殿としては、婚儀を終えるまで波風を立てたくないのだ。そのため、当家の御用人が懇意にしている与力に頼み込んだ」

「それで奉行所の方は押さえておいて、ちゅう……矢倉様に内々で探れ、と指図なさったわけですね」

清四郎が、やれやれ困ったもんだ、という風に肩を落とした。

「お立場はわかりますが、そのせいで和助さんがいわれのない責めを負わされるのは、許せません。しかも、本当に悪い奴が野放しになるんですよ」

お美羽も納得できずに言った。矢倉が、殿の代わりというように頭を下げた。

「申し訳ない。お前たちが怒るのも、もっともだ。和助については、埋め合わせの手立てを講じる」

埋め合わせなんて、できるんだろうか。矢倉はもうひと言、付け足した。

「この一件が姫と関わりがないことが判明すれば、もちろん殿も奉行所の邪魔をすることはない」

お美羽は、「当たり前でしょう。勝手なことばかり」と言いたかったが、ここは辛抱して、話を変えた。

「清四郎さん。扇座さんの商売敵《がたき》については、どうですか」

「ああ、はい」

話を振られた清四郎は、慌てて座り直した。

「こちらの方は、ちょっと難しいです。よくよく考えると、他の櫓が一座ぐるみであんなことを仕掛けてくるとは、ありそうにない気がして。今回うちがいい目を見た、と言っても、それはお互いさま。古《いにしえ》の諺《ことわざ》で言えば、禍福はあざなえる縄のごとしですから」

「じゃあ、一座ぐるみでなければ、一人一人それぞれが、ということになるんですか」

「ええ。今回声がかからなかった西村座の役者や、うちから追い出された役者、裏方、などなど。それを全部調べるのは、大変です」

「一人で桟敷を崩すような企みができるのか」

矢倉が首を傾げて言った。できるでしょう、と清四郎は答える。

「芝居に関わる者なら、小屋の建て方は隅々まで知っています。どこをどうやって壊すかの見当は、一人で充分つけられます」

「ふむ。大工など使わずとも、自分で細工できるか」

矢倉は得心したように、顎に手を当てた。

「ならば、確かに捜すのは厄介だ。本当に、一座ぐるみというのはあり得ぬか」

「強いて言うなら、河原崎座ですかね。あそこはうちに続いて仮名手本忠臣蔵を演りますし、同じ控櫓という立場ですから、互いに張り合う心持ちはあります。探ってみてもいいかもしれません」

「そうか。そちらは任せる」

はい、と清四郎が応じ、二人が頷き合った。

「あのう、矢倉様は先ほどおっしゃった御旗本の方を探るのですか」

お美羽が聞くと、無論だとばかりに矢倉が見返してきた。

「何か手立てはございますか」

「手立て？　いや、難しいことは考えておらぬが」

やはりお侍らしく、正面から質す気でいるようだ。それはいいやり方とは言えまい。

「あのう、どうでしょう。お姫様があの一件にめげることなく、元気に出歩いているのを見せれば、何か動いてくるのでは」

「何と？」

矢倉が顔色を変えたので、慌てて言った。

「いえ、もちろん本物の姫様ではございません。それらしく見える偽者を立てるのです」

「偽者となｏ　誰を……」

言いかけて矢倉が目を剝く。

「まさか？」

「はい、私がやります」

聞いていた清四郎も、仰天して言った。

「お美羽さん、そんなこと、無茶ですよ」

一方、矢倉はこの話を真剣に考え始めたようだ。しばし黙って目を閉じた。お美羽と清四郎は、息を詰めて待つ。

「いや……駄目だな」

しばらく経って、矢倉はかぶりを振った。

「あちらの仕業であったとしても、姫のお命を狙ったのとはわけが違う。出歩いているのを見たところで、それほど動揺するとも思えん。それに、あちらの家中の者に見られるような動き方をするのは難しいし、婚礼を控えてあちこち出歩いているということ自体、外聞が良くない。現に扇座へも、お忍びであったのだ」

「はあ、なるほど……」

「そうですよ。もしうまく行き過ぎてお美羽さんが襲われでもしたら、それこそ大変ですし」

清四郎も無理ですよと言った。お美羽はがっかりした。いっぺん、お姫様というものになってみたかったのに。着飾った姿を二人に見せたい、という本音は、胸の奥にしまっておいた。

十

半刻ほど話し合った後、お美羽は茶屋を出た。矢倉と清四郎は、もう少し二人で話してみると言って残った。

それにしても、と両国橋を渡りながらお美羽は思う。和助に責めを負わせてでも事を丸く収めようと考えた真垣左京は、許し難い。姫の婚儀と自身の出世のためには、町人一人どうなろうと構わないというのか。それでは、縁談を潰そうとする敵方と大差ない。

入舟長屋に帰ったお美羽は、山際のところに行って憤懣をぶちまけた。

「いくら三千石の御旗本だからって、やっていいことと悪いことがあるでしょう。本当の咎人が誰かなんて、どうでもいいってんでしょうか」

山際はお美羽の剣幕に苦笑している。

「まあそう怒るな。確かに理不尽だが、左京殿からすれば、体面上そうせざるを得ないと考えてしまったのだろう」

山際は大名家に仕えていただけに、その辺の事情はわかるようだ。

「でも、ですねえ……」

「真の咎人を見つければ、左京殿とて文句は言えまい」

「でも、その真の咎人が婚礼を邪魔する他の御旗本だったら、結局は表沙汰にならないってことじゃありませんか」

「うむ、それなのだが」

山際は首を捻った。

「縁談を潰すために芝居小屋に細工をするというのは、どうも得心が行かぬ」

「え、山際さんは違うとお考えですか」

そうだ、と山際は認めた。どうやら、このことについては山際もだいぶ考えたらしい。

「まず、細工をするには侍では無理だ。大工か何かを雇わねばならん。旗本同士の張り合いに、関わりのない町人を引き込むのは、却って面倒のもとになる」

「はあ……武士として格好が悪い、ということでしょうか」

「そんなところだ。それにだ、大勢の客を巻き込むようなことをしておいて、もし姫が怪我もせずお忍びのまま逃れたら、意味がない。手が込んでいる割に、結果が確実ではない」

「ああ、それもそうですね」

「まして、それを隠すために和助を始末するなどとは思えぬ。危な過ぎる」

山際の言うことは、お美羽も腑に落ちた。確かに縁談のことだけなら、こんな大ごとにせずとも、悪い噂を流すなどやり口は幾らでもある。

「では、矢倉様のお見立ては見当違いだと」

「私は、そう思う。清四郎の言うような芝居小屋に関わる者の仕業、とする方がまだあり得るのではないか」

「はい。私にもそう思えます」

こうなると、矢倉のことが気がかりになってきた。

「矢倉様は、相手方に直に問い質そうとするようなご様子でしたが」

「ほう。それはあまり良くないな」

山際は眉をひそめた。

「真正面からそんなことを質せば、揉め事になるぞ。矢倉殿とは、そんな無鉄砲なのか」

「無鉄砲とは申しませんが、真っ直ぐなお方のようです」

「ならば、浅慮で動いてしまうこともあるな」

山際が心配そうに言うので、お美羽も落ち着かなくなった。

「矢倉殿が疑っている相手方は、わからぬのか」

「ええ。でも、清四郎さんなら、もしかして」

お美羽は矢倉と清四郎が、茶屋に残って話を続けていたことを考えて言った。それを聞いた山際は少し思案し、明日一緒に扇座に行ってみよう、と言ってくれた。

お美羽は安堵した。やはりお美羽が一番頼れるのは、山際だ。

翌日は山際の手習いが休みの日なので、お美羽は朝餉を済ましてから山際と連れ立って出かけた。ちょっと千江に気を遣ったが、また長屋のためにお働きですね、とにこやかに送り出してくれた。本当に良くできた奥方だ、しっかり者過ぎて縁遠いと言われる自分とは真逆だと、お美羽は何だか負けた気になってしまう。山際はそんなお美羽の気分など知らず、前を向いてすたすたと歩いて行く。

扇座にはもう何度も訪れているので、下働きの連中もお美羽を見るとすぐに清四郎を呼んでくれた。

「はいはい。今日は朝から、何事でしょう。あ、こちらはもしかして、山際様ですか」

互いに話には聞いているが初対面なので、山際と清四郎は改まった挨拶を交わした。

「突然に済まぬ。矢倉殿のことなのだが」

山際は座るなり切り出した。

「婚儀を邪魔する心当たりの相手とは誰か、言っていなかったかな」

ああ、と清四郎は眉を下げた。

「それについては、口止めされているのですが……」

やはり清四郎は聞いていたようだ。

「清四郎さん、矢倉様が心配なんです」

心配、と聞いて清四郎はぎょっとした。

「何か起きそうなのですか」

「矢倉殿は、相手方を問い詰めるつもりかもしれぬ。武士同士、証しもなく言いがかりをつければ、刀を抜くようなことにもなりかねん」

山際はやや大げさに言ったようだ。清四郎の顔色が変わった。

「そ、それは大変です。お相手は、高林主膳《たかばやししゅぜん》様。無役ですが三千二百石の御旗本で、御屋敷は本郷元町《ほんごうもとまち》の、神田川にかかる水道橋《すいどうばし》の近くです」

わかりました、ありがとうとお美羽が礼を言った。清四郎はうろたえ気味だ。

「あの、矢倉様はそこへ乗り込んだと思われるのですか」

「わからん。ともかく、様子を見に行ってくる」

山際が言うと、清四郎は「よろしくお願いします」と深く頭を下げた。

両国広小路に本屋があったので、江戸の絵図を見せてもらって、高林家の屋敷の場所を確かめ、神田川沿いに道を急ぐ。昌平坂《しょうへいざか》を上って本郷元町に入り、朝四ツ（午前十時）の鐘が鳴る頃、高林家を見つけた。

「勢いで来ちゃいましたけど、どうしましょう」

閉じられた表門の前に山際と並んで立ち、お美羽は惑いながら言った。中の様子は当然ながら全く見えず、物音も聞こえてこない。

「正面から案内を乞うわけにもいかんな」

山際が頭を掻いて言う。そんなことをしても、門前払いを食うだけだ。

「ひと回りしてみよう」

左右を見回してから山際が言い、塀に沿って歩き出した。しかし回ると言っても、両隣も裏も他の武家屋敷に接しているので、表以外に見えるところはないようだ。

「どうでしょう。矢倉様は、ここに来たと思われますか」

「少なくとも、門前に揉み合ったような足跡はなかったな」

裏手と思われる方へ歩きながら、山際が言う。地面に目を向けているのは、足跡を探しているのだろうか。

「お美羽さんから聞いた矢倉殿の性分からすると、疑いが濃くなったと思えば、時を置かずに動くだろう。昨日このことについて話したなら、今日早速動いていると思うが」

お美羽自身も、そんな気がしていた。

「では、やはりこの辺りに……」

言いかけたお美羽を山際が制し、地面を指差した。

「四人連れの草履の足跡だ。そこの角を左に曲がっている」

え、と思って下を向くと、確かにうっすらと四人分の足跡が続いていた。

「これ、でしょうか」

「わからんが、他にそれらしい足跡もないからな。まあ、追ってみよう」

お美羽は頷き、一緒に半ば消えかけている足跡を辿った。

二町ばかり進むと、神社があった。足跡はその近くで見えなくなった。山際は迷うことなく、そこの境内に入って行った。

二十歩も歩かないうちに、社の奥の方で人声がした。じっと聞かなくても、争うような声だとわかる。山際は足を速めた。

奥の大きなクスノキの下で、四人の侍が集まって口論していた。一人を三人が囲んでいる。その一人の顔を見て、お美羽は山際の袖を引いた。間違いない。矢倉だ。山際は小さく頷き、四人に近付いた。

足音に気付いた四人が、一斉に山際の方を向き、怪訝な顔をした。三人組の真ん中の一人が、山際を冷たい目で見つめる。

「何だ、貴公は」

「邪魔をする。そっちの知り合いなものでな」

山際は矢倉を顎で示した。山際と会ったことのない矢倉は妙な顔をしたが、後ろに控えるお美羽に気付き、事情を解したようだ。表情を緩めた。

「矢倉の、知り合いだと」

「相州《そうしゆう》浪人、山際辰之助と申す」

「家中の話だ。浪人の出る幕ではない」

三人のうち右端の侍が、居丈高に言った。真ん中の侍がそれを手で押さえた。この侍が一番偉いらしい。

「旗本高林主膳が家人、安藤三郎兵衛《あんどうさぶろべえ》と申す。矢倉の知り合いと言われるからには、

になった。

安藤と名乗った真ん中の侍が、山際に言った。山際は正面から安藤と向き合う形

事情も存じておるな」


「左様」

「扇座の一件について、かな」

安藤は否定もせず、山際を睨みすえている。

「それで、どういう話になったのかな」

「どういうも何も、この矢倉が我らに言いがかりをつけてきおったのだ」

「言いがかりとは……」

矢倉が言いかけるのを山際が目で止め、代わって安藤に言った。

「もしや、桟敷席に細工をしたのか、と詰め寄ったか」

「いかにも。待ち伏せされて、わけのわからぬ話をしおった。もとより、我らがそのようなこと、するはずがない。第一、どうして桟敷が壊れたのかも知らぬ。我らが大槌や鋸を持って芝居小屋に押し入ったとでも言うつもりか。馬鹿馬鹿しい」

「うむ、それは確かに馬鹿馬鹿しいな」

山際が微笑んで頷くと、安藤は毒気を抜かれたような顔になった。

「貴公も、馬鹿げていると思うか」

「うむ。あれは普請のことに詳しい者の仕業だ。侍の仕事ではない」

安藤は、それ見ろとばかりに矢倉を嘲笑った。

「どうだ。お主が言い出したことだぞ。詫びて取り消すなら、そこに手をつけ」

何を、と矢倉が真っ赤になる。それを見た右端の侍が、刀に手を掛けた。お美羽は、びくっとして足がすくんだ。だが山際は、笑みを浮かべて「まあまあ」と手を上げた。

「ここで喧嘩になっても互いに面倒だ。矢倉殿には退《ひ》いてもらうので、この場は収めてくれぬか」

「何と？　ただ退くだけでは済ませぬ。土下座してでも無礼を詫び……」

そこでまた安藤が前に出た。仲間を黙らせると、じっと山際に目を注ぐ。それから、おもむろに言った。

「貴公、相当に遣うな」

お美羽は、眉を上げた。この安藤という侍、様子だけで山際の腕がかなりのものと見抜いたようだ。安藤自身も、なかなかの遣い手なのだろう。山際は、黙って微笑している。

「まあ、良かろう。我らとて、面倒事はご免だ」

安藤は矢倉を見もせず、他の二人に「行くぞ」と告げ、山際をもう一睨みしてから、荒々しい足取りで境内を出て行った。二人は腹立たしげに矢倉を睨みつけたが、それ以上何も言わず、安藤に従ってその場を去った。

三人が消えるのを見届けて、お美羽は矢倉に駆け寄った。

「矢倉様、何をなすったんです。直にあの方々を問い詰めようとされたんですか」

「ああ、そうだ。すっかり怒らせたな」

矢倉は苦笑混じりの溜息をついた。

「あなたが山際さん、ですか。お美羽さんからお噂は聞いています。正直、助かりました。斬り合いにでもなれば、殿に大変なご迷惑がかかるところでした」

さすがに軽挙を反省しているようだ。山際が近付き、軽く頷いた。

「矢倉殿は、あの連中がやったと思われたのかな」

「はい。高林様との間のことは、お美羽さんからお聞きと思いますが。あの者たちとは、以前から何度か顔を合わせております。やはり此度の縁談に腹を立てておるようで、安藤の右にいた男、松木《まつき》というのですが、あれが度々、当家の姫を揶揄《やゆ》しているると聞きました。松木は料簡が狭く、すぐ力に訴えようとする男と噂で聞いておりますので、やったとしたら彼奴《きやつ》に相違ないと思いまして」

「まさか、御屋敷に乗り込んだのですか」

お美羽が驚いて聞くと、矢倉は苦笑しながらかぶりを振った。

「松木らは、連日昼間から本郷の街道沿いの料理屋で酒色にふけっていると聞き、屋敷の近くで待ち伏せしておりました」

どうも素行の良くない侍たちのようだ。御家が火の車になれば自分たちにも難が及ぶと考えて、あんなことを仕出かしたのだろうという矢倉の見立ては、わからなくもない。だが、余りに短慮だった。

「それで、問い詰めてみてどうだったのかな」

山際が落ち着いて聞くと、矢倉はうなだれた。

「駄目です。有無を言わせず疑いをぶつけてみたのですが、動揺するどころか唖然として、狂人を見るような目付きで嘲笑されました。ですが最初は、本当に困惑したように見えましたので、誤魔化しはなかろうと思います」

「見当違いだった、ということだな」

「面目ありません。殿が聞かれたら、何と言われるか……」

すっかり落ち込んでしまった矢倉の背を、山際が叩いた。

「左京殿の耳に入ることはあるまい。案ずるな」

はあ、と返事する矢倉に寄り添い、とにかくまいりましょう、とお美羽は腕を取った。矢倉は抗わず、肩を落としたまま歩き出した。お美羽はその憂いに沈んだ横顔を間近に見て、ちょっと胸が高鳴った。


「ええっ、そんなことになっていたのですか」

屋敷に帰る矢倉と別れ、再び扇座に来て事の次第を話すと、清四郎は飛び上がった。

「ま、まさか矢倉様にお怪我などは」

「いえ、大丈夫です。喧嘩になる前に、山際様が止めて下さいましたので」

「ああ、そうですか、良かった」

清四郎は泣き出さんばかりになって、座り込んだ。そして大きく安堵の息を吐くと、山際に向かって平伏した。

「本当にありがとうございました。よくぞお助け下さいました」

そんなに心配したんだ、とお美羽は気の毒になった。清四郎と矢倉は、兄弟のように仲がいいのだ。

「いや、そんなに大袈裟なことではない。向こうも立場がある以上、滅多なことはすまい」

「それでも、弾みで刀を抜いてしまったかもしれません。本当にちゅう……矢倉様は、無茶をなさる」

安堵した後に腹が立ってきたようだ。清四郎は膝の上で拳を握った。

「さて、矢倉殿のことはまず良いとして、そなたの方は、芝居に関わる者の中に怪しいと思う相手がいるのかな」

「はい。矢倉様がまず、ご自分の疑いについて身を賭《と》してお調べになったのです。次は私が、今日明日に調べてみます」

身を賭して、はさすがに大仰だとお美羽は思ったが、清四郎の顔に頼もしい決意が表れているのを見て、また胸がきゅん、となった。ああ、矢倉様も清四郎さんも、どっちも立派だわ。そこで山際がお美羽の様子を見て微笑んでいるのに気付き、慌てて顔を引き締めた。


翌日のことである。昨日は昼まで出かけていたので、お美羽は二日分溜まった洗濯を片付け、竹箒で長屋の敷地の掃除を始めた。右の隅、左の裏手と箒を使っていると、ついつい矢倉と清四郎の顔が浮かんでしまう。あの二人、お美羽と茶屋で会合するとき、何だか嬉しそうな、照れくさそうな感じになっていた。もしかして、二人とも自分に気がある、なんてことあるだろうか。もしそうなら、どうしよう。一人はお侍だし、れっきとした御旗本のご家来なんだから、私なんか付き合えるのかしら。清四郎さんの方は？　いずれお父様の跡を継いで、座元になるのかな。私、お芝居の一座の中のことなんて、丸きり知らないんだけど、大丈夫かな。

「お美羽さん、ご機嫌だねえ」

お喜代に笑われて、自分が鼻歌を口ずさんでいたのに気付いた。

「えっ、やだ、ご機嫌なんてわけじゃないわよ」

赤くなり、慌てて手を振る。振った拍子に、集めたゴミが散った。あらあらとお喜代がまた笑う。

「何を慌ててるんだい。そう言えば、扇座の若旦那はいい男らしいねぇ」

お美羽は、つんのめりそうになった。お父っつぁん、何か漏らしたわね。

何を言ってるの、などと言い返したとき、長屋の木戸を入って来た者がいる。見知った顔だった。

「お美羽さん」

相手はお美羽を見るなり駆け寄った。喜十郎の下っ引き、寛次だ。

「あれ、寛次さん。どうしたの」

「へい。親分が、ちょいと番屋まで来てほしいって。話があるそうで」

「親分の家じゃなく番屋の方？　わかった、すぐ行きます」

お美羽は竹箒をしまうと、何事だいと言うお喜代に手を振って、寛次の後について行った。家でなく番屋へ、ということは、何か起こったのだ。それもたぶん、良くないことが。

番屋に着くと、喜十郎が上がり框に腰掛けて待っていた。顔はだいぶ強張っている。やはり、良い話ではないようだ。

「おう、来たか。まあ、座んな」

喜十郎は自分の隣を指した。寛次は脇に立ったままだ。

「親分、何かあったんですか」

「杉田屋の番頭の多兵衛とつるんで、悪さしてやがった大工だ。三人ほどいた。一番深く関わってたのが、徳市だった」

「えっ……本当に徳市って大工が嚙んでたんですか」

そうであってくれれば、と願った通りになったわけだ。これで、徳市が奉行所から命じられた調べの結果は、全く信用できないもの、ということになる。和助の疑いは、晴れたも同然だ。

「それは……」

良かった、と言いかけてやめた。だったらなぜ、喜十郎はこんな難しい顔をしているのか。

「わかったのが一昨日だ。で、すぐに青木の旦那に徳市をしょっぴくよう言われた。

だがヤサに行ってみると、もぬけの殻だった」

「えっ、逃げてしまったんですか」

杉田屋の多兵衛も消えた。示し合わせていたのだろうか。

「じゃあ今、みんなで捜してるんですね」

「いいや。今朝早く、見つかった」

なあんだ、とほっとしかけたが、それは間違いだった。

「どこにいたんですか」

喜十郎は苦虫を嚙み潰したような顔で、言った。

「湯島《ゆしま》天神の、石垣の下だ。そこに転がってた。頭を割られてな」

十一

徳市が見つかった場所を見たい、と頼んだら、喜十郎は寛次に、連れてってやれと命じた。お美羽は寛次の案内で、湯島に向かった。

湯島天神へは、神田明神下から妻恋坂《つまごいざか》を経て右に曲がり、北へ真っ直ぐ行く。そちらが表参道になるが、東側に裏参道があり、高い場所にある天神社へ上がるのに、急な男坂と緩い女坂の二つの石段が作られていた。寛次は裏参道を行ったが、男坂も女坂も上らず、天神社の裾を回って北側の切通《きりどお》しの道に入った。左手は天神社の石垣と門前町の家並みだ。

「そこですよ」

寛次は、石垣と町家の間の一間ほどの隙間を指した。猫の通り道、といった按配だ。

「思ったより狭い場所ね」

覗き込んだお美羽は、石垣に血らしい染みが残っているのを見つけ、ぞくっとして身を引いた。

「今日の明け方、この家のおかみさんが水汲みに出て、ひょいと覗いたら死骸があった、てんで、腰抜かして番屋へ知らせたんでさ。亭主が言うにゃァ、昨夜真夜中に、裏手で何かどすんと落ちるような音がしたってことで。猫が何か悪さしたんだと思って、朝まで放っておいたそうです」

「天神様の境内から、落とされたのね」

お美羽は石垣を見上げて言った。真上には、境内に植わっている大きな木の枝が、覆いかぶさるように伸びている。

「そのようで」

「さっきの親分の言い方だと、落ちて頭を割ったんじゃなさそうね」

「その通り。駆け付けたこの界隈の親分が死骸を調べたところ、後ろから頭を殴られたようだとわかって、境内を捜したんですよ。そしたら、血の付いた石が見つかったわけで」

その後青木が出張り、死骸が徳市とわかったところで、喜十郎にも知らせが行ったということだ。

「上に行ってみましょう」

石垣を見上げながら、お美羽は言った。殴られて投げ落とされたなら、その場も見なくては。お美羽と寛次は、女坂を上って境内に入った。

さっき見上げた大きな木を見つけ、その根元に行った。石垣から顔を出して覗くと、死骸があったという場所が四、五間下に見える。柵はないので、死骸を落とすのは簡単だ。見回したが、血の付いた石などはない。青木たちが奉行所か大番屋に持って帰ったのだろう。

お美羽は振り返って、境内を眺めた。江戸でも指折りの名のある神社なので、参拝の老若男女で賑わっている。しかし夜中のことなら、境内に人はいなかったはずだ。

「殺しがあったのを、見た人なんかいないんでしょうねえ」

「そりゃあ、刻限ははっきりしないとはいえ、真夜中の話ですからねえ。青木様がここの神主やら下働きやらに聞いたんですが、誰も何も気が付かなかったそうで」

「それなら、大声も争う音も、なかったんだ」

もし襲われたとき声を上げていたら、さすがに社務所に泊まっている者に聞こえただろう。それがなかった、ということは……。

「下手人は徳市さんのよく知った相手ね。ここで約束して、会った。夜中の人気《ひとけ》がないときを選んだのは、会っているのを誰にも見られたくなかったから。でも徳市さんは気を許していて、後ろを見せたところで不意を突かれた。石で殴って殺し、石垣の上から投げ落とす力があるなら、まずは男。地面の草が荒れてないから、一人か、多くても二人でしょう。そんなとこかしら」

一息に喋ると、寛次が「へえ」と目を丸くした。

「青木の旦那のお見立てと、おんなじです。さすがはお美羽姐《ねえ》さんだ」

姐さん？　お美羽はじろりと寛次を睨む。

「ちょっと寛次さん、あんた私と同い年じゃない。姐さんはないでしょ」

「あ、そうか。済まねえ、何と言うか、貫禄ってもんがありやすからね、つい。何せ、障子割りの……」

言いかけて、寛次はしまったと口をつぐんだ。お美羽は鬼の形相で詰め寄る。

「その先を言ったら、承知しないよ」

寛次は慌てて目を逸らした。ああもう、こんな二つ名が江戸中に広まったら、いつまで経ってもお嫁に行けない。


入舟長屋に戻ろうと両国橋の袂まで来ると、清四郎が橋を渡ってこちらに来るのが見えた。お美羽は足を止め、手を振った。

「清四郎さん」

清四郎はすぐに気付いて、お美羽の前に歩み寄った。

「お美羽さん、お出かけですか」

「はあ、ちょっといろいろありまして」

この場で殺しの話をいきなりするのも憚られた。

「清四郎さんは、これからどちらへ」

「ええ、河原崎座に行こうと」

聞き込みのようだ。矢倉のことが刺激になって、懸命に動き回ってくれているらしい。

「昨日はうちの一座を辞めた者を、二、三人当たってみたんですが、怪しい者は見つかりませんでした。恨みを持つようなことはなく、できればまた一座に戻りたいと思っているか、辞めて却って羽振りが良くなったか、どちらかです」

「そうでしたか。それで次は、同業の一座を」

お美羽は思い付いて言った。

「あの、私もご一緒していいでしょうか」

「え、お美羽さんも」

清四郎はちょっと思案する様子を見せたが、頷いて笑みを浮かべた。

「いいでしょう。お美羽さんがいた方が、話に角が立たないかもしれない。まいりましょう」

「ありがとうございます。では」

お美羽は寛次に礼を言って、そこで別れることにした。

「親分によろしくお伝えして」

寛次は「へい」と応じてから、お美羽と清四郎の顔を交互に見て、意味ありげにニヤリと笑い、まあごゆっくり、と見当外れの挨拶を残して歩み去った。

「あの目明しのお人、何だか変に気を回したみたいですね」

寛次の後ろ姿を見送った清四郎が、お美羽の方を向いて言った。その目元にほんのり朱が差しているように思え、お美羽も少しばかり上気してしまった。

「途中で昼餉を済ませてから行こうと思っていたのですが、お美羽さんは……」

「あ、私もまだです」

それでは、と清四郎が微笑み、柳原《やなぎわら》通り沿いにある鰻屋に入った。香ばしい匂いがお美羽の鼻をくすぐり、お腹が鳴りそうになるのを急いで抑える。

脂の乗った蒲焼を味わい、一息ついてから、お美羽は湯島天神のことを話した。

昼餉の場にふさわしい話とは到底言えないが、河原崎座へ行く前に話しておいた方がいい、と思ったのだ。

「そうですか、あの徳市という大工が。殺しに間違いないんですね」

聞き終えた清四郎は、眉間に皺を寄せた。

「はい。八丁堀のお役人は、そう見てらっしゃいます」

清四郎は、うーんと唸ってから小声で尋ねる。

「あの姿を消しているという杉田屋の番頭、多兵衛でしたか。あいつの仕業では」

「ええ、一番怪しいのはあの人でしょうね」

ツルんでいた相手の多兵衛なら、徳市も油断しただろう。口封じ、或いは隠した稼ぎの独り占め。どちらも考えられる。

「夜中のことですから見た人もおらず、お役人様も手こずるかもしれません」

「しかし追われているのを承知でそんなことをやってのけたなら、多兵衛という男もなかなか胆が太いですね」

「ほんとです。とうに江戸から出たろう、なんて親分さんは言っていたのに。でも、多兵衛さんの他に、徳市さんを殺しそうな人は思い付きませんし」

「そうですね……栈敷席の細工は、徳市自身がやったんでしょうか」

「あり得ます。雇われたのかもしれません」

「自分でやっておいて、和助さんのせいにしようとしたなら、酷い話だ。でも、上《う》手《ま》い手ではありますね」

他人が聞いたらこの男女は何者かと思われそうだ。少しばかり他人の目が気になってきた二人は話を切り上げ、日本橋通りを通って木挽町《こびきちょう》へ向かった。

芝居興行のあるときは、歩く人の肩がぶつかり合うほど賑わう木挽町だが、興行のない今日は芝居茶屋も店を閉めており、他の普通の通りと変わらぬ程度の人の数だった。

その一角を占める芝居小屋に、河原崎座は金繰りに詰まって休座した森田座に代わり、櫓を上げている。扇座の場合、本櫓の西村座が建てた小屋の傷みが激しくなっていたので、控櫓ながら自前で新しい小屋を建てたわけだが、ここは森田座と同じ小屋である。

「森田座さんは何度も休座してますからねえ。近頃じゃ、どっちが本櫓だかわからないくらいです」

清四郎はそんなことを言いながら、お美羽を連れて裏手に回った。小屋の建て方自体はどこも同じで、扇座同様、舞台の裏の方に役者たちの控え部屋があって、座元の部屋もそちらにある。清四郎は裏の戸を叩き、出て来た男に名乗って案内を乞うた。男は一度奥へ引っ込んでから、どうぞと二人を招じ入れた。

客用らしい座敷に通され、少しばかり待っていると、障子がさっと開いて清四郎と同じ年格好の男が入って来た。整った顔立ちだが、眉が濃く、眼光が強い。明らかに役者だが、女形ではない。

「よう、扇座の清四郎か。何の用だ」

その男は、上から清四郎を見下すようにして言うと、お美羽に気付いて「そちらは」と問うた。

「うちの贔屓筋のお嬢様だ。お美羽さんという」

ほう、と男は眉を上げ、きちんと座った。

「河原崎十郎太《じゅうろうた》と申します。どうぞお見知り置きを」

お美羽に向かって頭を下げる。が、明らかに清四郎を軽んじているようで、お美羽は不快になった。

「深川から参りました、美羽です」

言ってから、自分の着物を改めて見る。今日は舛花色《ますはないろ》に夏らしく朝顔の裾模様。安物ではない。贔屓筋ということで、そこそこの大店の娘のふりをしても、大丈夫だ。

「こちらは、座元の河原崎権之助《ごんのすけ》さんの甥御さんです」

清四郎が囁いた。なら、一座での地位はだいぶ上なのだろう。

「それで今日は」

十郎太が催促するように言った。俺は忙しいんだと言わんばかりだ。

「うちの桟敷席が崩れた話、聞いてるよな」

「ああ、もちろん。江戸中で噂されてるからな」

ざまぁねえな、という風に十郎太は目を眇めた。

「もっといい大工を使わなきゃ駄目だろう。手間賃を値切ったか」

薄笑いで言ってから、お美羽の前だと思い出して、「いや、ご無礼」と付け足した。

「その大工は、私のよく知るお人です」

お美羽は十郎太を睨むようにして言った。十郎太は、まずかったかと一瞬顔を顰め、お美羽に詫びた。

「それは知りませんで、大変申し訳ございません」

「大工の不手際ではありません。誰かが壊れるよう、細工したのです」

お美羽は勢いで、言い切った。公にはなっていないが、八丁堀もその見方で固まっているようだから、もう構うまい。

「誰かが細工した？」

十郎太は、まさかというような驚きを見せた。それから清四郎の顔を見つめ、二、三度瞬きしてから目を剝いた。

「おい清四郎、お前、うちの連中がやったとか思ってんじゃねえだろうな」

「違うってのか」

清四郎が、挑発するかのように言った。忽ち十郎太の顔が真っ赤に染まる。

「ふざけんじゃねえ。客席を壊すなんて情けねえ真似を、俺らがするものか」

十郎太が膝を立てた。今にも殴りかかりそうだ。

「馬鹿なのかてめえは。ははあ、芝居に自信がねえもんだから、誰かのせいにしねえとやってられねえってか。呆れた木偶《でく》の坊《ぼう》だな、お前たちゃ」

「やめろ。ご贔屓さんの前だぞ」

清四郎がお美羽を目で示すと、頭に血が上っていた十郎太は、ぎくっとして動きを止めた。

「これは、とんだところをお見せしました。しかし、あまりの言いがかりで、一座のためにも黙っておくわけにいかず」

「いえ、それはともかくとして」

お美羽は十郎太が座り直すのを待って、聞いてみた。

「河原崎座さんの周りで、扇座さんに害を為すようなお方のお心当たりはございませんか」

「いや、それは」

十郎太は唇を歪める。

「芝居の一座はお客様あってのこと。どの座のお客様であっても傷つけたりするようなことは、決してございません。まして客席を壊すなど、もってのほか。あり得ません」

十郎太は胸を張り、きっぱりと言った。誇りにかけて、とでも言いそうな態度で、お美羽は少しだけ十郎太を見直した。

「ところで、こう申してはなんですが、どうしてご贔屓筋のお嬢様がそのようなことをお聞きに」

しまった、調子に乗ったかとお美羽は清四郎を見る。清四郎は眉を下げているが、このまま押し切るしかない。

「実は私、あの場におりました」

「えっ、崩れた桟敷に」

正しくは平土間だが、お美羽は訂正しなかった。

「それは大変なことで、お怪我がなくて何よりでした」

「知り合いで怪我した者もおります。なので、到底見過ごすわけにも行かず、こうして扇座の清四郎様と一緒にあちこち聞き回っている次第で」

「そういうことですか。よくわかりました」

十郎太は一応、得心したようだ。お美羽は胸をなでおろす。

「おい、細工されたってのは、確かなんだな」

清四郎に向かって、十郎太は念を押すように言った。「ああ」と清四郎が頷く。

「お客様を狙ったわけでも、なさそうだ」

そうか、と十郎太はちらりとお美羽を見てから返した。

「じゃあお前は、扇座の興行を邪魔しようとした奴の仕業だと思うんだな」

「そうだ」

「ふん、それでここへ来たわけか。もう少しまともにものを考えられねえのか」

十郎太は再び、清四郎を嘲笑う調子に戻った。

「俺たちがお前のところの興行を邪魔する理由がどこにある」

「来月、同じ演目をかけるだろう」

「そのことか？　やれやれ、まったく笑わせるぜ」

言葉通り、十郎太は歯を見せて笑った。

「いいか。お前たちの芝居がずっと上で、こっちが妬むほどだってんなら、わからねえでもねえ。けどな、芝居はどう見たって俺たちの方が上だ。客の目は誤魔化せねえ」

言ってから、お美羽に「申し訳ありませんが、聞き流して下さい」と頭を下げた。それから清四郎に向き直り、さらに続けた。

「俺たちがお前たちに負けるわけがねえんだ。桟敷が崩れてお前のとこの興行がおシャカにならなけりゃ、俺たちが勝ってすぐ決着がついたはずだ。お前だって、わかるだろうが」

一気にまくし立てると、清四郎をもう一睨みし、きちんと膝を揃えて二人に一礼した。

「これ以上なければ、どうぞお引き取りを」

食い下がるようなネタもないので、仕方なくお美羽と清四郎は席を立った。

三十間堀を渡って新両替町《しんりょうがえちょう》から京橋の方へと歩きながら、清四郎は頭を掻いた。

「いやあ、やっぱりお美羽さんに来てもらって良かった。私と十郎太だけだったら、取っ組み合いになってるところでした。そうなったら、私は分が悪い」

僅かに引き摺っている足を叩いて、清四郎が苦笑する。

「昔から、あんな感じなんですか」

二人の話し方からすると、互いにずっと昔から付き合いがあったようだ。清四郎は、そうだと答えた。

「商売敵ですが、同じ生業の育ちですからね。小さい頃は一緒に遊んだりもしました」

「幼馴染というわけですね」

「互いに知り尽くしてるだけに、意地の張り合いみたいになると、なかなか収まらなくて。でもまあ、悪い奴ってわけじゃないんです」

「あら。それじゃ、あの十郎太さんを疑ったのではないんですね」

「ええ。でもあいつがやらなくても、一座の誰かが関わっているということもあり得るんで、もし思い当たるならと揺さぶってみたんですが」

やり方がまずかったですかね、と清四郎は首を振った。まあ直截《ちょくせつ》過ぎたと言えば、そうだろう。だがそれよりもお美羽には、十郎太の言い方に引っ掛かるものがあった。

「ねえ、清四郎さん。十郎太さんは、扇座の興行が取り止めにならなかったら、河原崎座が勝って決着がついた、って言いましたよね。あれ、どういう意味でしょう」

「どうって……」

清四郎はすぐにはお美羽の言う意味がわからなかったようで、目を瞬いた。

「自分たちの芝居の方が上だ、って言ってるわけでしょう。ずいぶんと傲慢だ」

「それはそうでしょうけど、勝って決着ってところが。何だか、勝負しているみたいじゃないですか。と言うか、腕比べとか競い合いのようなものが開かれている、みたいな」

「え、芝居の競い合いですか」

清四郎が驚きを見せる。

「そりゃあ確かに、ひと月違いで同じ演目を演るわけですから、比べて見られるのは当然でしょうけど、競い合いなんてことはいたしておりません」

「でも、役者の方々はやっぱり、お互い負けたくないと思っているのでは」

「それは無論、そうです。皆、自分の芸と技を信じておりますし、でなければ役者として大成できません」

「ご贔屓の方々なんかは、如何でしょう」

贔屓役者のことで喧嘩し、贔屓の引き倒しになる例など珍しくない。今回の興行は、格好の話題になっていたはずだ。現におたみも、そんなことを言っていたではないか。

「そうですねえ。ご贔屓筋の間では、どっちが上だなんて話はなすっていたようですが」

清四郎は曖昧に言った。

「扇座さんの一番のご贔屓筋は、指物問屋の淡路屋さんと、醤油問屋の野島屋さんでしたね。河原崎座さんで、それに相当するご贔屓筋というと、確か先日のお話で、お名前が出ていましたよね」

「はあ、あちらにもご立派なご贔屓が幾人かおられますが、淡路屋さんや野島屋さんと張り合うようなお方なら、この前申しました油問屋の鹿納屋さんですね」

お美羽も名前は知っている。確か、小網町《こあみちょう》にある大店だ。

「十郎太さんにもう一度聞いてみたら、その辺りのことを話してくれますかねえ」

「そりゃあ無理ですよ。あんな剣幕ですし、ご贔屓筋が絡んでいるなら自分から話したりはしないでしょう」

二月《ふたつき》続けて芝居見物ができるのは、裕福な人に限られる。河原崎座の贔屓と扇座の贔屓が、互いにこっちが上だと張り合うことは充分ありそうだが、そういう上客の噂は、清四郎も十郎太も立場上、あまりしたくないのだろう。すっきりしないまま、お美羽は日本橋通りを北へ進んだ。通り沿いには華やかで高級な店が軒を連ね、歩くだけで楽しくなるのだが、どうも今一つ気分が乗らなかった。


両国広小路まで戻って来たとき、見覚えのある男が路地から出て来るのが見えた。おや、と立ち止まる。男は、和助を貶める読売を出した、あの真泉堂繁芳だった。

「お美羽さん、どうしました」

清四郎が、急に足を止めたお美羽を怪訝そうに見ている。済みません、ちょっと待ってと断り、繁芳を目で追った。繁芳は広小路に出てまた角を曲がり、お美羽に気付くことなく去った。店へ帰るのだろう。お美羽は繁芳が出て来た路地を覗いた。少し奥に、番屋がある。その障子がすっと開き、青木が現れた。これは、とお美羽は考える。偶然ではあるまい。

「清四郎さん、ご免なさい。ちょっと急用ができました。ここで失礼します」

清四郎は、えっという顔をしたが、すぐにお美羽に礼を言ってその場を離れた。この一件に関わる大事なこと、と察したようだ。お美羽は清四郎に手を振り、路地に踏み込んで青木と鉢合わせした。

「お？　何だ。お前、こんなとこで何してる」

「扇座の清四郎さんと出かけた帰りです。青木様のお姿が見えましたので」

それから少し顔を青木に近付け、声を落とした。

「真泉堂さんも」

青木の眉が上がった。そのまま少し逡巡していたが、頷いてくるりと背を向けた。番屋に戻るから来い、ということだ。お美羽はすぐに従った。

「で、どこへ出かけてた。逢引きというわけでもなさそうだな」

青木は珍しく、軽口を叩いた。お美羽は「だといいんですけど」と笑って、河原崎座での話を全部伝えた。

「競い合い？　どんなものだ。誰かが仕切ってるのか」

「胴元がいる大きな賭け事のように思ったらしい。いいえ、とお美羽は答える。

「そう聞こえただけで、まだよくわかりません」

「ふん、そうか」

少し残念そうな響きがあった。お美羽は本題に入った。

「あの、真泉堂さんは……」

「徳市だ」

青木は、いきなりぶっきら棒に言った。

「は？　徳市さんと真泉堂にどんな……」

言いかけて思い当たった。あの読売だ。

「そうか。和助さんたちを悪者にしたあの読売、ネタの出元は徳市さんだったんですね」

それであの読売が妙に事情に詳しかったのに合点がいった。青木は徳市の周りを洗って、真泉堂と会っていたことを探り出したのだろう。

「お金のためでしょうか」

「いや、真泉堂に限らず、読売屋がネタ元に払う額なんざ、たかが知れてる。読売に出したいと徳市自身が考えたんだ。真泉堂も、そんな様子だったと言ってる」

「それじゃあ徳市さんは、和助さんに責めを負わせようと御奉行所に嘘を言っただけでは済まず、読売に書かせて先に世間に広めようとしたわけですか」

お裁きが出る前に、世間の見方を固めてしまうつもりだったのだ。杢兵衛や和助にとっては、とんでもない災難だ。だが、何故そこまでする。

「お前の頭なら、わかるだろう」

青木がお美羽の目を見て、言った。お美羽は、はい、と頷く。

「杉田屋の多兵衛さんと組んでやっていた材木の詐欺ですね。扇座の桟敷を詳しく調べられたら、注文と違う材木を渡していたのが奉行所にばれる。その前に、和助さんの不手際のせい、となるよう、できるだけの手を打った」

青木は、その答えにニヤリとした。

「俺も、そんなところだと思う」

「でも、あんな騒ぎになった以上、いずればれますよね」

「徳市としちゃ、儲けをまとめて身を隠す算段をする時が稼げりゃ、良かったんだろう。妙な追い風が吹くところまでは、勘定に入ってなかったろうけどな」

青木が言う追い風とは、真垣左京が事を荒立てまいと動いたことを言っているのだ。口元が苦々しそうに歪んだ。

だ。

「その流れで行くとだ、和助を襲ったのも徳市だと考えりゃ、筋が通る」

それはお美羽も良くわかった。和助が抗弁できなくなれば、最も得するのは徳市

「お美羽、お前、山際さんと一緒に和助を襲った奴を見たんだろう。徳市の背丈は五尺三寸だ。背格好は合ってるか」

「いえ、夜のことで、見たのは影だけです。でも、もう少し小さかったような気がしますが」

「そうか。まあ仕方ねえな」

青木は舌打ちして、奴が誰かを雇ったってこともあり得る、と呟くように言った。

「でも、徳市さんは殺されてしまいました」

ああ、と青木は不快そうに言った。お縄にする前に先を越されたのが、相当口惜しいようだ。

「多兵衛さんの仕業でしょうか」

おそらく、という答えが返るかと思ったが、青木は慎重だった。

「何とも言えねえな」

「あれ、何か別のお考えが」

　青木は、ふむ、と腕組みする。

「多兵衛の身の丈は、徳市より頭一つ低いんだ。後ろから石で頭を殴るにゃ、ちょいと向かねえ。まあ、できねえこともねえが」

　それに、と青木は続ける。

「今さら徳市を殺しても、杉田屋での多兵衛の罪はもう割れてる。さして利はねえ。仲間割れなら、揉み合った跡があるはずだが、それはなかったしな」

　言われてみれば、確かにそうだ。

「真泉堂が、ってことは」

　一応言ってみたが、青木は鼻で嗤った。

「殺しのあった晩は、深川で芸者を揚げて、そのまま泊まったそうだ。まだ裏は取ってねえが、すぐばれる嘘なんざつくめえよ。第一、殺《や》る理由がねえ」

「じゃあ、何者が殺ったと。徳市さんの裏に、まだ誰かいたとお考えですか」

「裏で糸を引いていたかどうかはわからねえが、まだ炙《あぶ》り出せてねえ奴がいる、って気はする」

お美羽は俯いて考え込んだ。いったいどんな奴か、すぐには思い付けそうにない。

「他にも、気になることはある。さっき俺は、徳市が儲けをまとめて身を隠す算段だったと言ったがな」

「はい、それが何か」

「調べたところ、徳市はこのひと月だけで吉原に五度も登楼してやがる。吉原でも五本の指に入る大見世だ。一回で五両くらいはかかってるだろう」

では、ひと月で吉原だけでも二、三十両を遣っていたのか。それは凄い散財だ。

「そんな金遣いを続けたんじゃ、材木の詐欺の儲けなんざ、稼ぐ先から消えちまう。姿を消したとき、奴は素寒貧《すかんぴん》に近かったかもしれねえ」

「ははあ。軍資金なしでどこへ逃げられるのか、っていう話ですね」

お美羽がぽんと手を打つと、青木はむすっとして「まあな」と応じた。

「で、お美羽。次にどう動くか、考えてるのか」

青木に問われ、考えをやめて顔を上げた。

「ええ、はい、河原崎座の十郎太さんの話が、やっぱり気になります。そっちの方を、もう少し」

「当てはあるのか」

「ご贔屓筋の話を聞いてみたいんですが、名のある大店ですからねえ。清四郎さんも十郎太さんも、ご贔屓筋に迷惑はかけたくなさそうですし、私が行ってもお話ができるかどうか」

困っている風に言うと、青木は「ふん」と首を振って、腰の十手を叩いた。

「こいつの助けがありゃ、話はできるだろうさ」

十二

「おい、青木の旦那のご指図だから付き合うが、ここでいったい、何が聞けるってんだ」

小網町の鹿納屋の前で、喜十郎がお美羽に言った。入舟長屋を出てから、これで三度目だ。

「ほとんど出たとこ勝負です。あんまりやきもきしないで下さいな」

「出たとこ勝負って、あんた……」

「親分、お美羽さんに任そう。青木さんも親分も、お美羽さんを見込んで頼んだんだろう」

山際に言われ、喜十郎は、そりゃまあそうですがとぶつぶつ呟く。それでも肚を括ったか、自分から先に暖簾をくぐった。

「いらっしゃいませ。油の……」

ご注文でしょうか、と言いかけた手代は、喜十郎の十手を見て居住まいを正した。

「これは親分さん、ご苦労様です」

「おう、俺は南六間堀の喜十郎って者《もん》だが、旦那はいなさるかい」

「はい。どのようなご用向きで」

喜十郎は、ちらっとお美羽を振り返った。お美羽は唇だけ動かして「河原崎座」と告げる。喜十郎は手代の方に向き直り、「旦那がご贔屓になすってる河原崎座のことで、ちょいとな」と言った。手代は意外そうな顔をしたが、少々お待ちをと言って奥に下がった。

さほど待つこともなく、三人は座敷に通された。座って一息つくと、すぐに障子が開いた。

「お待たせいたしました。鹿納屋甚右衛門《じんえもん》でございます」

挨拶した甚右衛門は年の頃五十前後。髪はだいぶ薄くなっており、頭のずっと後ろに辛うじて結った髷《まげ》が見える。恰幅が良く福耳で、いかにも大店の主らしい。

「南六間堀の喜十郎と申しやす。こっちは八丁堀の青木様のお知り合いで」

喜十郎は山際とお美羽を、そういう風に紹介した。二人がそれぞれ名乗ると、甚右衛門も丁重に頭を下げた。やはり八丁堀の威光は効き目がある。

「河原崎座に関わること、と伺いましたが、どのようなお話でございましょう」

商いに関わる話ではなさそうだと知ったからか、割に寛《くつろ》いだ様子だ。喜十郎が目で促したので、お美羽が話を切り出した。

「鹿納屋さんは、河原崎座のご贔屓筋と伺っております。これは、ずっと以前からでしょうか」

「はい。もう二十年近く前から、贔屓にしております」

「ということは、今回ではなく前の森田座さんの休演で河原崎座さんが代わられた頃から、もうご贔屓だったのですね」

本櫓の森田座は過去に何度も休演し、その都度河原崎座が代わって興行している。

お美羽も今回の調べでわかってきたのだが、それだけ芝居興行というのは算盤が大変なのだ。だから鹿納屋のような大店の贔屓筋は、大事なのだろう。

「左様でございます。座元の権之助さんとは、先代からのお付き合いで」

「十郎太さんも、よくご存じですか」

「はい。座元の甥御さんですね。なかなかいい役者で、私も目をかけております」

やはり十郎太とも懇意のようだ。

「来月は、仮名手本忠臣蔵をなさるとか」

「そうですね。楽しみにいたしております。十郎太は、千崎弥五郎《せんざきやごろう》を演じると聞いています」

本当に楽しみらしく、甚右衛門は目を細めた。

「今月は扇座さんが同じく仮名手本忠臣蔵を演るはずでしたが、ご承知の通りの成り行きで取り止めとなりました」

「ああ、はい。大変残念なことです。お怪我をされた方はお気の毒です」

甚右衛門は憂い顔を作って言った。さて、ここからだ。

「あのう、お尋ねいたしますが、その二つの仮名手本忠臣蔵、芝居の出来不出来を競い合う、といったようなお話を、耳にされてはいませんでしょうか」

甚右衛門の頰が、ぴくっと動いた。

「はて、同じ演目であれば、芝居を競うのは役者として当然のことと思いますが」

「いえ、一座の方々とは限りません。ご贔屓筋など、外の方が絡んでいないかと」

「それは、どういうことでしょうかな」

「例えば、勝ち負けに大金が賭けられている、とかだな」

山際が横から言った。これはお美羽とも話し合っていたのだが、当てずっぽうに近い。だが、甚右衛門の顔には明らかな動揺が表れた。山際は敢えて、もう知っているぞと言わんばかりの自信ありげな様子を作ったのだが、これが効いたようだ。

「大金を賭ける、と。いえ、そのようなお話は……」

甚右衛門の目が泳いだ。ここで喜十郎が食い付いた。さすがに年季の入った岡っ引き、甚右衛門の顔色を見逃さなかった。

「鹿納屋さん、知っての通り奢侈《しゃし》の禁令は派手な金遣いを禁じてる。芝居興行なんざ、特にそうだ。そこに賭け事で大金が絡むとなると、こいつァ厄介なことになりますぜ」

喜十郎が膝を進めて迫ると、甚右衛門の額に汗が浮いた。

「もし何かあるなら、今のうちに根回しをして、事を収めるのがいいのではないかな」

山際が、今すぐ喋れば悪いようにはしない、と匂わせた。これが見事に嵌《は》まった。

「お、恐れ入りました」

甚右衛門が両手を畳についた。

「幾ら賭けたんです」

内心で手を叩きながら、お美羽が聞いた。

「はい……千両でございます」

「千両だと！」

喜十郎が目を剝く。

「河原崎座と扇座の芝居の優劣に、それだけ賭けたというのか」

山際も呆れ顔になった。何とも無茶な道楽だ。

「は……いささか調子に乗り過ぎました。申し開きのしようもございません」

甚右衛門は、すっかり恐縮している。もう洗いざらい喋る気だ。

「相手は誰です。野島屋さんですか、淡路屋さんですか」

「ああ、そこまでご承知で。はい、淡路屋寛輔《かんのすけ》さんです」

甚右衛門が言うには、淡路屋寛輔とは長い付き合いで、共に芝居が三度の飯より好き。それぞれ河原崎座と扇座の贔屓になり、事あるごとに張り合っていたという。今回、たまたま月遅れで同じ仮名手本忠臣蔵を演ることになり、どちらが良い芝居をするか、さる料理屋で飲みながらの話になった。ところがだんだん熱を帯びてきて、双方自分の贔屓の側が上だと譲らない。しまいには売り言葉に買い言葉、金を賭けて勝負だということになってしまった。

「ようし、俺は河原崎座の勝ちに三百両賭けてやる」

甚右衛門は、どんなもんだと鼻息荒く言った。が、淡路屋寛輔はせせら笑った。

「なんだ、それぐらいしか賭ける度胸がないのか」

何を、と甚右衛門も気色ばむ。

「じゃあ、あんたは幾ら賭ける」

寛輔は、ふんと見下すように言った。

「千両だ」

本気か、とさすがに甚右衛門は驚いた。だが、ここで退くわけにはいかない。乗った、とその場で返事した。

「酒の勢いもあり、意地を張ってしまいました。何を馬鹿なことをやっているんだと言われれば、返す言葉もございません」

その通りなので、お美羽も山際も喜十郎も、やれやれと溜息をついた。

「でも、扇座さんのあの騒動で、興行は御上から取り止めを申し渡されました。賭けはお流れになったんですね」

「おっしゃる通りです。あれで目が覚めました。流れて良かったと言わざるを得ません」

「で、どうだい。あんた、勝つ気だったんですかい」

喜十郎が半ばからかうように言うと、甚右衛門は真顔で答えた。

「正直に申せば、勝っていたでしょう。河原崎座は扇座より、役者の顔触れが一枚上です。淡路屋さんは、そう思っていないようですが」

清四郎には悪いが、勝ち負けについては、十郎太の言った通りのようだ。

「淡路屋殿は、ほっとしているだろう」

山際が言った。淡路屋は千両持って行かれずに済んだことになるはずだが、甚右衛門はかぶりを振った。

「いえいえ。むしろ、口惜しがっているようです。自分が勝つはずだったと思っているのでしょう。思い入れが強くて、目が曇っているのです」

甚右衛門の口調には、揶揄が混じっていた。そう言えば清四郎も、興行中止になって淡路屋に尻を叩かれていると言っていたっけ。そこで甚右衛門は、改めて平伏した。

「もう二度と、このような浅はかで分不相応なことはいたしません。何卒、よろしくお執り成しのほどを」

事情は良くわかったので、もう充分だ。お美羽たちは、事を荒立てるつもりはない旨を匂わせて席を立った。喜十郎は、しっかり甚右衛門から袖の下を受け取っていた。

八ツが近くなったので、お美羽は例の茶屋に行った。今度も四半刻ほど早く出向いたのだが、驚いたことに矢倉も清四郎も既に来ていた。また待たせたかと申し訳なく思って障子を開けると、矢倉と清四郎は顔を赤らめていた。もしかして二人とも、私に会えるのが楽しみで早くから来てくれているのだろうか。お美羽は嬉しくなった。

「お美羽殿、清四郎殿と一緒に河原崎座まで行ってくれたそうだな」

矢倉に言われ、はい、と頭を下げる。まさか清四郎と二人で行ったからって、妬いてるなんてことはないわよね。

「十郎太とやらが勝ち負けを口にしたのが気になっている、と清四郎から聞いたが」

「はい、それについては、事情がわかりました」

お美羽は今朝、鹿納屋に行った話をした。矢倉と清四郎が仰天する。

「千両も賭けたんですって！」

自分の一座の芝居にそんな大金が絡んでいたと知り、清四郎は目を怒らせた。

「私たちの芝居を見込んでいただけるのは有難いが、そこまで行っちゃ贔屓の引き倒しです」

「金持ちの道楽というのは、底なしだな」

矢倉は呆れるのを通り越して、感心しているようだ。

「鹿納屋さんは手堅い商いをなさる方なのに、しょうがないですねえ」

清四郎が嘆息する。では逆に言うと、淡路屋の商いは緩いということか。

「淡路屋というのは、それほどまでに扇座に肩入れしておるのか」

矢倉が改めて聞く。

「ええ、その分、注文も多いですが」

役者の演じ方にまで、あれこれ口を出すこともあるらしい。

「芝居を見る目は確か、ということですね」

お美羽が言うと、清四郎は笑いながら答えた。

「確かなときも、あります。その場合は、きちんと座元から役者に伝えます」

要するに、見当違いの批評もあって、そのときは清四郎のところで役者の耳に入らないよう止めているのだ。

「あの、気を悪くなさらないでほしいのですが……」

お美羽がおずおずと言いかけると、清四郎が先を読んで言った。

「実際のところ、どっちの芝居が上なんだ、という話ですね」

清四郎は、小さく溜息をついた。

「公平に言えば、少しばかり河原崎座の方が上でしょう」

正直な答えだった。それでも清四郎は敢えて付け加えた。

「素人目にすぐわかるほどの、大きな差ではありません。十郎太に、あれほど偉そうに言われるほどのことではないのです」

「左様。客の目で言わせてもらえば、これは見事、という場面もある。まあ私も、それほど芝居を見る目が肥えているとは言えないが」

矢倉も扇座を持ち上げるように言った。だが裏を返せば、全体としては河原崎座に軍配が上がるだろうと、矢倉も認めているのではないか。鹿納屋甚右衛門も矢倉も、座元の倅である清四郎さえも、河原崎座が上と見ているとなると……。

「もしや淡路屋さんが、勢いで千両賭けたのを後悔して……」

思い切って言いかけると、清四郎が止めた。

「いやいや、お考えはわかります。千両は惜しいが自分から負けを認めるわけにはいかない。ならば興行そのものを中止させればいい。そのために誰かを雇い、栈敷席に細工を、ということでしょう。でも、それは考え難いです」

「え、どうしてですか」

「淡路屋さんは、腹の底から扇座が上だと信じておられるのです。あの方の性分では、賭けそのものをお流れにするために興行を潰すなど、まずやりません」

清四郎はそこまで言い切った。

「淡路屋というのは、それほどに思い入れが激しいのか」

矢倉が、妙な生き物でも見つけたかのように言う。

「それで、いったいどうやって勝ち負けを決めるのだ。芝居の演じ方の優劣となると、人によって見方が変わるだろう。双方が納得できるようになるのか」

「おそらく双方承知の上で、目の確かな行司役をお願いしていたのではないでしょうか」

名の通った芝居好きとか、他の一座の戯作者とか、そうした方に謝礼を出して、とは考えられるという。甚右衛門はその話はしていなかったが、ありそうには思えた。

「だが千両がかかっているのだ。尻込みする者もいるだろう」

確かに、判定を出したところで双方とも黙って受け容れるとは限らない。千両の責めを負わされては、誰しも堪《たま》らない。

「そうですね。ならば、小屋にご来場されたお客様の数で比べる、という手もありますし、大勢のお客様の評を聞く、ということもできなくはないです」

「でもそれだと、小細工ができそうですよね」

客を買収する、タダで招待する客を紛れ込ませるなど、難しくないように思える。

お美羽のその言葉を、清四郎も否定しなかった。

「淡路屋さんなら、興行を潰すより、勝ちを確実にするためにむしろそういうことをやりかねない気がします」

清四郎は、あけすけに言った。淡路屋の性分からすると、あり得なくはないらしい。

「芝居好きとは、そこまで熱が入るものなのか」

今さらながら驚いたというように、矢倉が呟いた。

「よう、お美羽さんか。久しぶりじゃねえか」

本所亀沢町《かめざわちょう》の指物職人、覚蔵《かくぞう》は、お美羽の顔を見るとぱっと破顔した。

「去年の暮れに随分と世話になって以来だな。まあ入んな」

「はい、じゃあちょっと、お邪魔します」

　お美羽は覚蔵の仕事場をちらりと覗いて、座敷に通った。仕事場では弟子が一人、小簞笥《こだんす》を組み立てていたが、知った顔はいなかった。

「弥一《やいち》は出仕事で浅草だ。生憎お初《はつ》も用事で出かけててな。何の構いもできねえが」

「いえいえ、お気になさらず。小田原に行った長次郎《ちょうじろう》さんは、お元気ですか」

「おう。あいつはどこに行ったってくたばりゃしねえよ。先月便りがあったが、しっかりやってるみたいだぜ」

　そりゃあ良かったです、とお美羽は微笑む。長次郎は覚蔵の弟子だが、以前に入舟長屋に住んでいて、簞笥に関わる奇妙な一件に巻き込まれ、酷い目に遭ったのをお美羽が助けたのだ。覚蔵はそのことを今も恩義に感じているらしい。後継ぎになる弟子の弥一もその一件でお美羽と共に働き、お美羽は男ぶりに惚れてしまった。ところがいろいろあって、二月ほど前、弥一はお初という娘と祝言を上げた。そんなこんなで、お美羽としては弥一と顔を合わせずに済むのは、大変有難かった。もっとも覚蔵は、そんなお美羽の気持ちを知る由もない。

「で、今日はどうしたんだい」

「はい。覚蔵親方のお仕事に関わる話なんですけど」

「ほう。何か聞きてぇことでも」

「親方は、本石町の淡路屋さんに指物を納めてますよね」

「ああ、十年以上の付き合いだ」

覚蔵は、煙管《キセル》に火を点けながら気軽に言った。

「箪笥に長持、鏡台、いろいろ納めてるがな。淡路屋さんがどうかしたか」

「正直な話、お店の景気はどうなんでしょう。順風満帆なんでしょうか」

覚蔵は煙を吐き出して、怪訝な顔をした。

「指物の売れ行きは悪くねぇはずだが」

俺が作ってるんだからと言いたいようだ。お美羽は察して、微笑んだ。

「そうでしょうけど、お店のお金の回り具合とか、そっちの方は」

おや、と覚蔵は眉を上げる。

「なるほど、そっちの話か」

覚蔵はお美羽の用向きがわかったらしく、誰も聞いていないのに声を落とした。

「大きな声じゃ言えねえが、ちょいと取引を絞ろうかと思っててな」

「まあ。先行きに不安があるんですか」

「商いそのものは特に悪くねえようだが、噂じゃ旦那の金遣いが、どうもな」

「お金の遣い方が荒いんですか。芝居に入れ込んでるって聞きましたが」

覚蔵は、やっぱり知ってたのか、という顔になった。

「この前、桟敷席が崩れて騒ぎになった扇座な。あそこに入れ込んで、ずいぶんと金を注ぎ込んでるらしい。多少尾鰭《おひれ》が付いてるにしても、芝居絡みで店が傾きかねねえ、とまで言う奴もいる」

扇座の興行取り止めで、金を出してた淡路屋も損が出たんじゃねえか、とも覚蔵は言った。

「店の人たちは、止めないんですか」

「番頭も若旦那も、止めようとはしてるらしいが、こと芝居の話になると、聞く耳を持たねえそうだ。あんな大店の旦那がそんな調子じゃ、困ったもんだよな」

覚蔵は盛大に煙を吐いてから言った。

「お美羽さん、ひょっとして扇座の一件に首を突っ込んでるのか」

あら、見抜かれちゃったか。

「ご明察。行きがかりで、いろいろありまして」

「まあ、あんたのことだからうまくやるだろうがな」

覚蔵は煙管を咥《くわ》えたまま、口元で笑った。

去り際に、もし本当に淡路屋が危ないなんて話が出て来たら、俺にもすぐ教えてくれと覚蔵は言った。お美羽は、きっとそうしますと請け合って、覚蔵の家を出た。

入舟長屋への道を辿りながら、お美羽は考えた。どうやら、淡路屋に行ってみるべき頃合いが来たようだ。

十三

一昨日、鹿納屋に行くときにはぶつぶつと渋っていたのに、今日、淡路屋へと引っ張り出された喜十郎は、さほど嫌な顔をしていなかった。

「あれから青木の旦那に聞いたんだがな。徳市の奴が飛んだ食わせ者だとわかったんで、奴が調べたことも全然信用できねえ、となってよ。和助のせいにして収めようって話は、飛んじまったみてえだ。それこそ奉行所の面子に関わるってんでな」

「ふむ、それで青木さんも喜十郎親分も、ぐんと動きやすくなったわけだな」

「そういうことでさぁ。もう八丁堀の大方は、誰かが細工したんだって見方に固まってる」

「では、細工した者を見つけてお縄にしようと、皆が動き出したのか」

「へい。上のお方からはっきりそういうご指図が出たわけじゃなさそうですがね。細工した奴をひっ捕らえりゃ上のお方も、そうかよくやった、と言うしかねえでしょう。どうも上の方じゃ、徳市みてぇな奴に調べをやらせようって言い出したのは誰だ、なんて、すったもんだしてるらしいし」

「もういい加減、和助さんへのお沙汰を取り消してあげればいいのに」

お美羽が膨れっ面で言うと、喜十郎は頭を掻く。

「俺もそう思うが、まあ細工した奴をお縄にするまでは、そのまま置いとけってことなんだろう」

本当にお役所は融通が利かないんだから、とお美羽は腹立ちまぎれに道の小石を蹴った。

「まあそう怒るなよ。また障子を割られちゃ堪らねえ」

喜十郎がからかったので、お美羽は柳眉《りゅうび》を逆立てた。喜十郎は知らぬ顔でそっぽを向く。

「徳市が細工した張本人、ということはないのか」

山際が聞くと、喜十郎は「充分ありそうだが、まだわかりやせん」と答えた。確かに、まだそれらしい証しは出ていない。それに、幾つか得心のいかないこともある……。いろいろ考えているうちに、本石町に着いていた。

淡路屋は間口十五、六間の構えで、群青色の暖簾に黒地に金文字の看板を掲げ、名のある大店の多いこの界隈でも、まずまず立派に見えた。

「ご免よ」

喜十郎が先に立って暖簾を割った。高価そうな桐箪笥や漆塗りの文机《ふづくえ》などが飾られた店先に立つと、腰の十手が良く見えるように腹を突き出し、御上の御用で旦那と話がしたいと告げる。手代は眉を上げたが、賢明にもそれ以上聞かず、一度奥へ引っ込んでから、改めて三人を奥の座敷に通した。

「本日はご苦労様です。淡路屋寛輔でございます」

三人の前に座った寛輔は、鹿納屋甚右衛門と同年輩で、小太りの体つきも良く似ている。だがこちらは福耳ではなく、髪も胡麻塩だが薄くはなっていない。

「朝からお邪魔しやす」

喜十郎はお美羽と山際のことを、鹿納屋のときと同じ要領で告げた。どう解釈したかわからないが、寛輔は軽く二人に会釈した。

「それで、御用の向きは」

寛輔が尋ねると、喜十郎はいきなり切り込んだ。

「扇座と河原崎座の芝居について、鹿納屋さんと千両の賭けをしやしたね」

寛輔は、はっきりわかるほどうろたえた。

「そ、それは……は、はい、恐れ入りました」

大慌てで畳に両手をつく。

「それですぐ罪になるというものではないが、奢侈を戒める御上の御意向には沿わぬな。慎まれることだ」

山際が、役人であるかのような口調で言うと、寛輔はますます恐縮した。

「ついつい、羽目を外してしまいました。しかし賭けそのものは流れましたので、何卒ご容赦のほどを」

「あのう、こう聞くのはなんですが」

控えていたお美羽が言った。

「賭けられたからには、必ず扇座が勝つ、と思われていたのですか」

寛蔵は意外なことを聞かれた、という顔をする。

「もちろんでございます。でなければ、千両などという賭け方はいたしません」

その声音には、自信が窺えた。甚右衛門が言っていた通り、入れ込むあまりに公平な見方を拒んでいるかのようだ。呆れたものか、見上げた根性と言うべきか、お美羽は迷った。

「それほど芝居がお好きなんですかい」

喜十郎が聞くと、その言い方が皮肉混じりなのにも気付かぬ様子で、寛輔は「それはもう」と目を細めた。

「子供の頃からです。もともとは本櫓の西村座さんに出入りしていたのですが、扇座さんが控櫓として興行すると、そちらも気に入りまして。興行のたびに何度も通い、できるだけのお助けもさせていただいております」

調子に乗ったのか、寛輔はあの役者の台詞回しがどうの、この役者の見得の切り方がどうのと言い出し、皆が辟易《へきえき》しかけたところで山際が遮るように口を挟んだ。

「では淡路屋殿。扇座があのようなことになって、どう思われる」

寛輔は、残念そうに眉間に皺を寄せた。

「お怪我をなすった方も多いと聞きます。同じ芝居好きの方々、他人事とは思えません。誠にお気の毒なことです。しかも、興行が差し止めになってしまいました。楽しみにしていた方も大勢いらっしゃいましたのに」

「淡路屋殿としては、興行差し止めは残念至極、というところか。千両稼ぎ損ねたと」

あけすけに言われて、寛輔はほんの少し、顔を赤らめた。

「興行が駄目になったのは、もちろん残念です。千両につきましては……はい、不謹慎と謗られましょうが、確かに惜しゅうございます」

寛輔の答えは、正直だった。やはり損するところを助かったとは、考えていないらしい。

「千両賭けていたことは、若旦那さんや番頭さんはご承知だったのですか」

お美羽が聞いた。寛輔の顔に、困ったような表情がちらりと浮かんだ。

「はい、内緒にしておくつもりだったのですが、承知しておりました」

「賛同なさってはいませんよね」

「は……まあ、左様です」

「お店の方々は、淡路屋さんの芝居への入れ込みようについて、どうおっしゃっていますか」

寛輔の芝居狂いぶりにいささか苛立っていたお美羽は、ずばっと聞いた。寛輔は、さすがに少しばかりむっとしたようだ。

「それはまあ、商いに障りかねないからと控えるよう言う者もおります。しかし、芝居を通じて商いの縁ができることもしばしばございます。芝居に少し金を遣ったからと言って、障りになるとは言えません」

「若旦那さんは如何です」

お美羽は八日前に扇座で一度会った、寛一郎の顔を思い出しながら言った。

「あれは芝居のことをよくわかっておりません。真面目なのはよろしいのですが、少しは芝居の奥にある心というものを知った方がいい、と思いまして、度々芝居を見に付き合わせたり、座元のところへ差し入れなどの挨拶をさせたりしているのですが、なかなか」

扇座で会ったときの寛一郎の顔つきからすると、それを喜んでいるとは到底思えなかった。

「寛一郎も、たまに朝帰りなどすることがありまして、堅物というわけではないのですが」

寛輔は嘆息するように言った。大店の主人として、そこは嘆くところなのかとお美羽は苦笑しそうになった。

淡路屋寛輔との話は半刻に及んだが、その半分は、寛輔の芝居に関わる講釈を聞かされる羽目になった。喜十郎は後でさんざんぼやいたが、少なくとも寛輔が自分で賭けをぶち壊すようなことはしない、との確信は持てた。つまり、桟敷席の細工は寛輔の差し金ではない。

放っておくといつまでも芝居の話を聞かされそうなので、山際がどうにか制し、三人は廊下に出ることができた。

ほっとしたお美羽は、廊下から庭を一瞥した。小さな池と石灯籠《いしどうろう》、苔の生えた庭石。可もなく不可もない、平凡な造りだ。奥を見ると板囲いがしてあり、その向こうに柱と梁、軒桁《のきげた》などを組んだ普請中の建物が見えた。だが、大工が仕事する音は聞こえない。

「何かお建てになっているのですか」

お美羽が聞くと、寛輔は「ああ」と苦笑を漏らした。

「離れを増築しようと思いまして。ところが、普請半ばで大工がいなくなってしまったのです。代わりを探しているのですが、まだ手当てできませんで」

大工がいなくなった？　お美羽は、はっとして寛輔の顔を見た。

「それは何と言う大工ですか」

「は？　西村座さんに出入りしていた縁で頼んだ人で、徳市さんというんですが」

山際と喜十郎が同時に足を止め、振り返った。

「徳市だと？」

その反応があまりに激しかったので、寛輔は驚いて一歩引いた。

「ど、どうされたのです。徳市という大工が何か」

お美羽は山際と喜十郎を止めるように手を出し、寛輔の正面に顔を寄せて尋ねた。

「ひょっとして、その大工が普請をしている最中、奥で若旦那と千両の賭けのことで口論になったりしませんでしたか」

淡路屋を出た三人は、真っ直ぐ両国橋の方へ向かった。心なしか、皆速足になっている。

「つまり何か、徳市は淡路屋の離れを普請しているときに、淡路屋の旦那と若旦那が言い争ってるのを聞いて、扇座の芝居に千両賭けたことを知った、ってわけか」

喜十郎が言うのに、お美羽は「その通りです」と答えた。

「しかし、それでどうして徳市が桟敷席を壊すんだ。奴には一文の得にもならねえじゃねえか」

「誰も、徳市さんが桟敷に細工したなんて言ってませんよ」

えっ、と喜十郎が目を剝く。

「どういうことだい。徳市が細工し、自分で調べに入って、大工に責めを押し付けたんだろ。自分で自分の細工を調べたんだから、誤魔化すのは簡単だ」

「細工を隠して和助さんのせいにする気だったなら、自分が奉行所から頼まれて調べに入ることを最初から知ってなきゃいけません。そんなわけないですよね」

徳市の仕業だとすると、そこが前から引っ掛かっていたのだ。

「そりゃまあ、奉行所が徳市を呼んだのはたまたまだが、そのたまたまをうまく使ったんじゃねえのか」

「そんなの都合が良過ぎます。たまたまがなかったら、どうする気だったんですか」

「そりゃあだな……細工は細工として、誰か他の奴の仕業にするとか……」

考えが出てこないようで、喜十郎は口籠もった。そこへ山際も言う。

「親分、お美羽さんの言う通りだ。それに親分も今しがた、徳市はそんなことをしても得をしないと言ったばかりじゃないか」

言っていることの矛盾を指摘され、喜十郎は黙った。

「お美羽さん、もう目星を付けているのか」

山際が聞いた。お美羽は小首を傾げる。

「ある程度、見えてはきました」

そうか、と山際は頷く。

「誰かが徳市を雇って細工させたという考えは、捨てたのか」

「丸きり捨てたわけではありませんけど、桟敷席の材木は詐欺絡みの品です。そんなところに細工して崩し、詳しいお調べが入ったら詐欺が全部ばれる。徳市さんなら、頼まれてもそんな危ない橋は渡らないでしょう」

「なるほど。ではその目星の相手だが、証しはまだ見つからぬか」

「ええ。それをどう捜すか、ですけど、まだちょっと思案が」

「わかった。手伝えることがあれば何でも言ってくれ」

ありがとうございます、とお美羽が言った頃、両国広小路にさしかかった。人通りがぐっと増えたので、他人に聞かれるのを避けた三人は話を止め、無言で両国橋を渡った。

相生町《あいおいちょう》まで来ると、裏手で威勢のいい金槌の音が聞こえた。ここでも普請をやっているらしい。路地を覗き込むと、一人の大工が背を向け、鉋を使っていた。大工の背が大きく動くと、横にした材木の端に、雲が湧いたように鉋屑が盛り上がった。

昼餉のことを考えていたお美羽は、鰹節みたい、と微笑んだ。

と、そこで足が止まった。気付いた山際と喜十郎が、怪訝そうに振り向く。

「何だ、何か気になるのか」

喜十郎が問うのに、お美羽は叫ぶように答えた。

「私、もう一ぺん淡路屋さんに行って来ます！」

そう言うなり、呆気に取られている二人にぱっと背を向け、お美羽は一気に駆け出した。

十四

翌日は、また矢倉と清四郎との会合の日だった。だがお美羽は朝のうちに扇座へ行き、清四郎に会合を扇座にしてもらうよう頼み込んだ。あまり熱心に言ったので、清四郎は不思議そうな顔をしたが、矢倉様にそのように使いを出しますと言ってくれた。

「ありがとうございます。それと、もう一つ」

「はい？」

「淡路屋の寛一郎さんにも、来ていただきたいのです」

これにはさすがに清四郎も驚いた。

「どうしてまた、寛一郎さんに」

「おいでいただければわかります。よくこちらにも来られているのでしょう」

「ええ、そうですが……わかりました、私からお呼びすれば断られないでしょう」

清四郎は、使いを頼むため下働きを呼んだ。お美羽は礼を言って、扇座を出ると両国橋の方へ向かった。山際にも来てもらおう。それともう一人、役者を揃えねばならない。


八ツの鐘が鳴る少し前、お美羽は山際と共に扇座に行った。いつも通りに裏の戸口で案内を乞うと、清四郎がすぐ出て来た。

「お待ちしていました。今日は山際様もご一緒ですか」

「ええ。お揃いでしょうか」

「はい、寛一郎さんもつい今しがた、見えました」

清四郎は舞台の脇を抜け、二人を客席に案内した。平土間の真ん中で、矢倉と寛一郎が待っていた。矢倉はお美羽に気付いて笑みを見せる。

「やあ、今日はどういう趣向かな」

「はい。こちらまでお呼び立ていたしまして済みません。ですが、とても大事なお話ですので」

お美羽は寛一郎に目を移した。こちらは、何事なのかと困惑しているようだ。

「私にどんなご用なのでしょう」

お美羽は安心させるように微笑んだ。

「じきにおわかりいただけます。ですが、もうお一方お見えになるまで、お待ち下さい」

もうお一方、と言われて、一同が首を傾げた。

「聞いておりませんが、どなたが」

清四郎が言ったとき、舞台袖から下働きが顔を出した。清四郎を見つけて駆け寄ると、小声で告げる。

「八丁堀のお役人様がお越しで」

「八丁堀の？　青木様か」

驚いた清四郎がお美羽を見る。お美羽がにっこり頷くのを見て、ここへご案内しろと下働きに命じた。

間もなく、懐手をした青木が、悠然と廊下を進んで来た。皆がどうしたことかと首を捻るうち、青木は平土間に下りて、初対面になる矢倉に丁寧な挨拶をした。

「それで青木殿、何故こちらに」

矢倉が問うと、気楽な調子で青木はお美羽を指した。

「昨日大番屋で、このお美羽に呼びつけられましてね」

冗談めかして言うと、ニヤリと笑う。矢倉はどう言っていいかわからぬ様子で、お美羽を見た。そこでお美羽は、深々と一同に向かってお辞儀をした。

「皆様、お揃いになりました。お運びいただき、ありがとうございます。それではこれから、十三日前の朝、この扇座桟敷席で何があったのか、私の思うところをお話しさせてもらいます」

お美羽はさりげなく壊れた桟敷席を手で示した。青木と山際を除く三人は、半ば唖然としてお美羽を見つめた。

「順を追って申し上げます。まずこの扇座の新築普請ですが、扇座さんから杢兵衛親方に頼み、そのための材木は杢兵衛親方と座元の清左衛門さんが相談の上で、深川の材木商杉田屋さんに注文されました。ところがこの杉田屋さんでは、番頭の多兵衛さんが店に内緒で、例の徳市さんら大工と示し合わせ、注文より質の劣る材木を納め、差額を懐にしていたのです。杢兵衛さんは無論、そんなことに関わってはいませんが、弟子の和助さんが大きな部分を任されたと聞き、多兵衛さんは和助さんを侮って、悪い材木を送り込みました」

「それは承知している。だが材木の質は、桟敷が崩れたことと関わりなかったのだろう」

　少し苛立ったか、矢倉が口を挟んだ。

「済みません。寛一郎さんにはまだお話ししていませんでしたので」

お美羽が言うと、矢倉は寛一郎の方を見て、そうかと了解した。その寛一郎は、ひどく落ち着かなげな表情を浮かべている。

「和助さんが気付けば一騒動になる危ない橋ですが、多兵衛さんはもう間もなく店に不正がばれるとわかっており、焦って無理な稼ぎを狙ったようです。現に和助さんは気付いたのですが、妙な忖度《そんたく》をしてしまい、表沙汰になりませんでした」

清四郎は、感心するようにうんうんと一々頷いている。お美羽は微笑みを返した。

「さて、ではなぜ桟敷席が崩れたかですが、これは誰かが上桟敷を支える材木のどこかに、折れやすいよう細工したために間違いありません。青木様？」

お美羽に話を振られて、青木が言った。

「昨日一昨日で、奉行所に運んであった材木を別の大工に調べさせた。床梁に鑿が打ち込まれた跡が見つかった。そこから客の重みで裂け目が広がり、舞台に役者が登場して客が一斉に前のめりになったとき、耐えられなくなって折れたんだ」

「ありがとうございます。これで御奉行所も、誰かがわざと壊したんだと承知なすったわけですね」

「ああ。李兵衛と和助への御沙汰は、今日中に取り消される」

青木は仏頂面のまま言ったが、大工の不手際という見方に初めから疑いを持っていた青木は、奉行所の中で株を上げたことだろう。大工のせいとするより咎人を見つけてお縄にした方が、奉行所としても御老中の覚えがめでたくなるので好都合のはずだった。

「それで、誰の仕業なのだ」

矢倉が急くように言った。お美羽は、まあお待ちを、と手を上げる。

「細工をした者は、前日の夜中、表の木戸を外して平土間に入り、下桟敷で蠟燭を点《とも》して真上の床梁に切り込みを入れたと思われます。裏手で寝ていた囃子方の一人が、その物音を聞いていています」

「その誰かは、芝居小屋の建て方や、どこを壊せばどうなる、というのを承知していたわけですね」

清四郎が確かめるように言った。お美羽は、その通りだと応じる。

「ここで一つ、わからないことがありました。そんな大きな傷が入っていれば、下桟敷にいたお客の中に、崩れる前に気付いた人がいたんじゃないでしょうか。でも、お役人様方が一人一人にお尋ねになりましたが、そういう人は見つかりませんでした」

「それは、何故なんです」

清四郎が眉根を寄せる。お美羽は、おもむろに懐に手を入れると、証しとなるものを出した。

「これです」

矢倉と清四郎が、目を見開く。

「鉋屑ではないか。ああ、そうか。初めにここに来たとき、拾っていたな」

矢倉が思い出して、鉋屑を指した指を振った。

「そうです。よく調べたら、薄く糊が付けられた跡がありました。鑿で付けた傷のところに、これを貼り付けていたんです。同じ檜ですから木目も似ていて、薄暗い中でちょっと見ただけでは、気付きません」

あのとき、捨てずに良かったとお美羽はつくづく思った。何が後で証しになるか、初めのうちにはなかなかわからない。

「では、これはどこから出たものでしょうか」

お美羽は鉋屑を持った手をゆっくり動かし、寛一郎の顔の前で止めた。

「淡路屋さんでは、離れの普請をしている最中ですね。普請場には、鉋屑がたくさん落ちていたはずです」

「こ……これが……うちの離れの普請場のものだとでも……」

寛一郎は、しどろもどろになって言った。顔色が蒼白だ。

「昨日、私は淡路屋さんに取って返し、普請場から材木を一本貰ってきました。それを杢兵衛親方のところに持ち込み、扇座の鉋屑と付き合わせて、同じ木のものか見てもらったんです。それでどうだったかは、おわかりかと思いますが」

これは、ほとんどはったりだった。杢兵衛に材木と鉋屑を見せたのは本当だ。しかし杢兵衛には、確かにどちらも檜に違いないし、質も同じようだが、鉋屑が淡路屋から出たものと断じるのは、さすがに難しいと言われたのだ。だが寛一郎は、そこまで知る由もないだろう。

「扇座の普請の様子はあなたもずっと見ている。指物に詳しいあなたは、木組みのことも多少は知っている。どこを壊せばいいか、承知していたはずです」

「そ、それだけでまさか、私の仕業だと……」

馬鹿げている、と言おうとしたようだが、声は震えている。はったりが効いたようだ。お美羽は追い討ちをかけた。

「寛蔵さんの話では、あなたは朝帰りをすることがたまにあるようですね。それで材木を貰いに行ったついでに、女衆のお一人に、あなたの朝帰りについて尋ねたんです。扇座の初日、桟敷が崩れた日の前の晩、あなたは店に帰らなかった。帰ったのは、朝の六ツ半少し前。どこに泊まっておられたのです」

「あの、吉原……」

言いかけて、口を閉じた。口裏を合わせてくれる店は、用意していなかったのだ。

「あなたは夜中に扇座で細工をした後、どこかに身を隠し、明け六ツに木戸が開いてから店に戻った。使った大工道具は大川にでも捨てたんでしょう。でも、どこで買ったかは調べればわかるはずです」

寛一郎は何か言おうとしたが、唇が震えるだけで言葉は出てこなかった。

「寛一郎さん、あんた、どうして……」

こちらも顔色を変え、目を丸くした清四郎が問いかけた。まさか一番のご贔屓筋の倅がこんなことをするとは、夢にも思わなかったのだろう。

「その、どうして、という理由です。寛一郎さん、あなたは寛蔵さんが千両の賭けに負ける、と思われたんですね。出入りの指物職人の方に聞きました。淡路屋さんは寛輔さんが芝居などの道楽に注ぎ込むお金のせいで、台所が苦しくなりかけていた。その上でさらに千両失えば、店の屋台骨が揺らぐ。それで手を打たねばならなかった。違いますか」

寛一郎は、まだ絶句したままだった。が、やがて肩を落として俯くと、ぽつぽつと話し始めた。

「親父は、何度言っても私や番頭の言うことを聞きませんでした。店の帳面を示して諌めても、いずれ費やした金は商いで返ってくる、みみっちいことを言うなの一点張り。揚句に今度の千両の賭けです。贔屓目に見ても、扇座さんの勝ち目は薄い。そんなことをさせるわけにはいかなかった」

清四郎は、済まなそうな顔をした。自分の一座の力量が劣ることにも、罪があるような気がしたのかもしれない。

「それで、興行そのものをやめさせることにしたんですね。そのために、桟敷席を崩した」

「はい。看板役者を舞台に立てなくする、ということも考えましたが、よく知った役者の方々を傷付けることは、どうしてもできそうになかった。舞台を壊す、という手もなくはないですが、さすがに大掛かりになり過ぎて一人では。それで、あんなことを思いついてしまったんです。あれほど大勢の怪我人を出すことになるとは……」

寛一郎は肩をぶるぶると震わせている。お美羽は、ほっと息をついた。寛一郎は、自ら罪を認めたのだ。だが、まだそれは半分だった。

「よくわかりました。では次に、徳市さん殺しについてです」

寛一郎が、びくっとして顔を上げた。矢倉と清四郎は、あっという表情で寛一郎を見つめる。

「徳市さんは、西村座に出入りしていた縁で、芝居好きの寛輔さんから離れの普請を請け負いました。ここでも材木の詐欺を働こうとしたのかもしれませんが、それはまあいいでしょう。ある日、徳市さんは普請の最中に、あなたと寛輔さんが言い争いをしているのを聞いてしまいました。あの千両の賭けについてです。徳市さんは、面白い話を聞いたと思ったでしょう。後で儲け話に繋がるかもしれない、なんてね」

寛一郎の顔色は、もう完全に失われている。お美羽はそれを見て、思い付いたことを付け足した。

「ひょっとして言い争いの後に、こうなったら芝居そのものを止める手を打たなくては、とか独り言を口にしましたか」

当たったらしく、寛一郎は今にも倒れそうになった。徳市は、それも聞き逃さなかったに違いない。お美羽は構わず続けた。

「徳市さんはやはり西村座の縁で、奉行所から言われて扇座さんの一件の調べに入りました。どうしてあんな人を使ったのかについては、いろいろ言われているようですが」

お美羽はちらりと青木を見た。青木は苦り切った顔をして、お美羽に顎で「いいから続けろ」と指図した。

「さて、崩れた桟敷を調べた徳市さんは、おそらくすぐに細工がされていたことに気付いたはずです。そして同時に、淡路屋さんで耳に挟んだことを思い出した。徳市さんは、この細工が淡路屋さんに関わっているんじゃないかと思い当たり、金にする機会だと考えて奉行所には大工の不手際だと告げ、細工のことを隠しました。徳市さんは、杉田屋の多兵衛さんと組んだ材木の詐欺がもう手仕舞いになると見越し、高飛びするお金が欲しかったんだと思います。それまでに詐欺で稼いだ分は、あらかた吉原で遣ってしまったようですから」

「飛んで火にいる夏の虫、か」

矢倉が呟くように言った。お美羽は、そうですねと応じた。

「いろいろ頭を巡らせた末に、徳市さんは寛一郎さんが父親の無謀を止めようと仕組んだのだ、と解しました。そこで寛一郎さんのところに出向いた」

「強請ったわけですか」

清四郎が、棒立ちの寛一郎に目をやって言った。

「そうです。幾ら吹っ掛けられましたか」

お美羽は寛一郎に聞いた。寛一郎は抗うこともなく、答えた。

「五百両です……」

「それだけ払えば、黙っていると」

「はい。このまま放っておきさえすれば、大工がしくじったということで片が付く。しかし自分が間違いでしたと奉行所に詫びて本当のことを言えば、淡路屋はおしまいだ、と」

「五百両は、用意できなかったのですか」

「私の立場では、無理です。かと言って、親父に知られるわけにはいかない。番頭にも言えません。どうすることもできなかった」

「それで夜遅く湯島天神に呼び出し、隙を見て後ろから石で殴りつけたんですね。

淡路屋さんの女衆は、あの晩もあなたが朝帰りだったと話していました」

いきなり寛一郎が膝から崩れ落ちた。そのまま土間に手をつき、這いつくばる。

「申し訳ございませんでしたッ」

絞り出すような叫びだった。矢倉も清四郎も、呆然とその姿を見下ろしている。

「もういいだろう」

それまで後ろに控え、ずっと黙って聞いていた山際が、お美羽の肩に手を掛けた。お美羽は小さく頷き、一歩下がって青木に場を譲った。青木は寛一郎の傍らに膝をつき、十手を抜いて寛一郎の肩に当てた。

「扇座の桟敷席の細工も、徳市殺しも、認めるんだな」

「はい。恐れ入りましてございます」

嗚咽《おえつ》したまま、寛一郎が蚊の鳴くような声で言った。清四郎が、何てことだという風に首を振った。

「お美羽殿、見事だ。感じ入った。これで姫も我が殿も、ご安心召されるであろう。誠にかたじけない」

矢倉が晴れやかな顔で、お美羽に頭を下げた。その真摯な姿に、お美羽はぽうっとなった。横で青木が、そんなことには気付きもせずに、寛一郎に駄目を押すように言った。

「大工の和助を、人を雇って始末しようとしたことも、認めるな」

誰もが、寛一郎はさらに恐縮して認めると思っていただろう。ところが、これを聞いた寛一郎は、おずおずと顔を上げ、ぽかんとした顔で青木を見返した。

「和助さんを？　始末とは、どういうことでしょう」

「何ッ、ここへ来て、その件だけとぼけようってのか」

気色ばんだ青木が、寛一郎の肩に置いた十手に力を込めた。が、寛一郎は必死の様子でかぶりを振る。

「ほ、本当でございます。おっしゃる通り、そのことだけ言い逃れても意味はありません。誓って、和助さんのことは存じません」

矢倉と清四郎は、わけがわからないというように顔を見合わせている。山際でさえ、困惑する態だった。

だが、お美羽は違った。皆がどういうことかと視線を彷徨《さまよ》わせる中、お美羽は一歩進んで寛一郎の前に立つと、溜息をついて言った。

「もしかしたらそうかもしれないな、とは思ってたんですけどね」

十五

喜十郎が改めてお美羽を呼び出しに来たのは、四日ほど後の昼下がりだった。

「青木の旦那があんたを連れて来いとさ」

待っていたお美羽は、大きく頷いた。

「わかりました。行きましょう」

お美羽は、また面倒事かいと憂い顔になる欽兵衛に、心配ないと断り、喜十郎と一緒に出かけた。青木は南六間堀町の番屋で待っているという。

「捕まえたんですね」

歩きながらお美羽は問うた。

「ああ。今朝早くに、ヤサを襲った」

喜十郎は短く答えた。詳しくは青木に、ということだ。お美羽はそれ以上聞かず、歩みを進めた。

番屋に着くと、上がり框に腰を下ろしていた青木が、すぐに立ち上がった。

「来たか。時が惜しい。これから行くぞ」

はい、とお美羽は一礼する。

「わざわざお呼びいただきましたのは……」

「ああ。半ば以上はお前の手柄だ。こっちから頼んだ手前もある。決着の場には、立ち会いたかろうと思ってな」

お美羽はにっこりした。

「お気遣い、ありがとうございます」

青木は頷きを返し、じゃあ行くぞと表に出た。三人は大川の方へ向かい、新大橋を渡った。目指すのは、小網町だ。

「これは青木様に南六間堀の親分さん。それとこちらは……」

「北森下町の、美羽です」

「ああそうそう、お美羽様でしたな」

鹿納屋甚右衛門は、上機嫌な様子で三人を迎えた。

「扇座の一件、耳にいたしました。何と、淡路屋の若旦那さんの仕業だったそうで。本当に驚きました」

「もう聞いてるのか。読売にも出てねえが、耳が早いな」

青木がいくばくかの皮肉混じりに言った。甚右衛門は、恐れ入りますと頭を下げる。

「油の商いにも相場の動きなどございまして、常に耳聡《みみざと》くしております」

「商売柄、というわけか」

感心した気配もなく、青木が言う。

「それであの、本日のお越しは……」

「うむ。その扇座に関わることで、幾つか確かめたいことがあってな」

「ああ、左様でございますか。どうぞ、何なりと」

甚右衛門は愛想のいい笑みを浮かべて、三人の顔を順に見ながら言った。

「そうか。じゃあ、遠慮なく聞くぜ」

青木の目が光った。

「淡路屋の寛一郎を唆《そその》かしたのは、お前さんだな」

甚右衛門の愛想笑いが、固まった。それから、心底驚いたという風に言った。

「まさか、寛一郎さんがそう言ったのですか」

「ああ」

「それを、お信じに？」

「そうだ」

「そんな……苦し紛れの言い逃れでしょう。何の証しもないでしょうに」

馬鹿げていると笑う甚右衛門を、青木は睨みつけた。

「淡路屋寛輔は、自分からは店の誰にも、千両の賭けのことは言ってねえ。じゃあ寛一郎は誰から聞いたのか、ってぇ話だ。寛一郎は、お前からだと言ってる。そりゃそうだ。寛輔とお前しか知らない話なんだから、寛輔からでなきゃお前しかいねえ」

「ああ、それは確かに」

甚右衛門の笑みが、少し引きつった。

「手前がお教えしました。何しろあれほどの大金ですから、若旦那も知っておくべきだと思いまして」

「そいつァ、ご親切なこったな」

青木がせせら笑う。

「寛一郎に、こうも言ったそうだな。止めさせたいなら、何とかした方がいい。言って聞くようなお人ではないから、芝居そのものを止めさせるとか、思い切ったことをしなければ、ってな」

「それはまあ、言ったかもしれません。ですが、喩《たと》えです。まさか本当にあんなことをされるとは、思いもしませんでした」

「ふん。そう言うと思ったよ」

青木は薄笑いを浮かべたままで言った。

「まあそれだけなら、はっきりした証しがあるわけでなし、言った言わないで埒《らち》が明かねえ。罪になるかどうかもわからんし、こっちもそこまで暇じゃねえやな」

甚右衛門が、見てわかるほど肩の力を抜いた。

「はい、それならば……」

「おっと待ちねぇ。話はこれからだ」

青木は甚右衛門に向かって手を振って見せる。

「今のことで、お前の本音が透けて見えるぜ。お前は扇座より河原崎座の芝居が上だと思ってるだろうし、扇座自身もそう見てる。だからお前が賭けに負けるはずがねえってのが理屈だが、どっこい、賭けなんてなァ水もんだ。事が芝居となりゃ、何が起きるかわからねえ。突然看板役者が調子を崩すかもしれねえし、何かのはずみで扇座の客が盛り上がっちまうかもしれねえ。落ち着いてとっくり考えてみりゃ、お前が絶対に勝つってぇ保証はねえんだ。特にお前の商いは手堅いって評判だ。なんでこんな賭けをしちまったのかと、後悔しきりだったんじゃねえのかい」

一気に青木がまくし立てると、甚右衛門は目を白黒させた。

「あの、何がおっしゃりたいんです」

「賭けがお流れになってほしいって、あんたも寛一郎と同じくらい願ってただろう、ってことさ」

「それは……」

甚右衛門は眉間に皺を寄せた。

「そうかもしれませんが、ならば賭けを取り止めにすればいいだけの話です」

「その通りだ。だが、あの淡路屋寛蔵がうんと言うかい。お前が勝負の前から負けを認めたんだと思うに決まってる。意地でも取り消さねえだろう。悪くすりゃ、お前が臆病だと吹聴しかねねえ。そうなりゃ、商いに障りが出ることだってあるだろう」

甚右衛門は顔を強張らせ、言葉を選んでいるようであったが、何も出てこなかった。青木はさらに続ける。

「さて、寛一郎に興行を潰させようとしたのはいいが、蓋を開けてみると大勢の怪我人が出ちまった。世間は大騒ぎだ。お前は身震いしたろうな。もし寛一郎がお縄になって、お前に言われてやったなんてことが読売にでも出たら、罪になるかどうかは何とも言い難いにしても、信用はがた落ちだ。さぞ気を揉んだだろうな」

「だから……だからこの私が、何をしたと言うんです。寛一郎さんが勝手にやったことを、皆私のせいにされるおつもりですか。何度も言いますが、私はただ……」

「大工の和助さんを、殺そうとしたでしょう」

辛抱できなくなって、お美羽が言った。甚右衛門が啞然とし、喜十郎は余計なことをと顔を顰めた。だが青木はお美羽の方を振り向いて、「こっからお前が喋るか」と言った。勢いもあって、お美羽は「はい」と頷いた。

「青木様に代わってお話しします。鹿納屋さん、あなたは扇座の騒動の後、読売に自分のことが出ないか気になり、ずっと見ていた。その矢先、真泉堂の読売に、和助さんの不手際で桟敷が崩れたという話が載ったんです。思いがけないことでしたが、あなたにとっては好都合でした」

「大工のせいにすりゃ都合が良くなる奴は幾人かいたんだが、鹿納屋、お前もその中に入るとは、こいつに言われるまで気が付かなかったぜ」

青木はお美羽を顎で指して、苦笑した。お美羽は微笑み、どういたしましてと青木に軽く頭を下げる。

「あなたは胸をなでおろしたでしょう。ところが、すぐに御沙汰が出るかと思えば、そうでもない。和助さんを大家預かりにしたまま、青木様たちはまだいろいろ調べているらしい。あなたはまた心配になった」

そこでお美羽は、甚右衛門の目を見つめて笑みを浮かべた。

「目が泳いでいますよ。あなたは本来、手堅いと言うより根が心配性だったのですね」

甚右衛門が、何やら唸った。お美羽は構わず続ける。

「あなたは、大工のせいということで、早々に世間の目も御奉行所の御沙汰も固めてしまおうと考えた。そうすれば寛一郎さんがお縄になることもなく、全て丸く収まると見たわけです。そこで思い切った手を打ちました。人を雇い、和助さんを殺そうとしたのです。扇座のことを苦にし、責めを負って身投げしたと見せかけて」

「そんな」

甚右衛門が飛び上がりそうになる。が、青木が「黙って聞け」と抑えた。

「大工の徳市さんのことは、ご存じですよね。あの人の仕業かとも思いました。和助さんが死んで、一番得をするのは徳市さんですし。でも、和助さんを襲った男は、私が見たところ徳市さんとは背格好が違いました。かと言って、殺しを請け負う人を雇ったとも思えない。徳市さんはその頃、懐が空っぽでしたから。一方寛一郎さんにも、調べたところそうした人を雇う伝手《つて》がありません。でも、あなたなら商いでできたいろんな伝手を辿って、雇うこともできたでしょう」

「ば、馬鹿なことを言わんで下さい！」

「でも、結果としてはしくじりました。あなたは肚を括るしかなかった。万一、寛一郎さんが捕まっても、先ほどのようにどっしり構えて、知らぬ存ぜぬで通す。どうせ証しはない、とお思いだったでしょうからね」

　甚右衛門の顔が、真っ赤になった。

「とんでもない言いがかりだ。この私が、殺しを頼んだなどと……」

「お前、八丁堀を舐めてるのか！」

　青木の鋭い声が飛んだ。甚右衛門が、びくっと首を竦めた。

「おい、お前は誰が頼んだかをうまく隠して、殺し屋を雇ったつもりだろうが、それほど甘くはねえ。雇われたやくざ者は、本当の頼み人があんただってことを、探り出してた。後々の用心のためだ。あんたが裏切ろうとしたとき、逆に強請れるからな。素人がああいう連中を雇うと、ろくなことはねえ」

　赤かった甚右衛門の顔が、あっという間に真っ青になる。

「だから俺たちとしちゃ、一度お前が怪しいと思ったら、お前の周りから辿って雇われた奴を捜し出すのも、難しくねえわけだ。案の定、昨日のうちにそいつが見つかった。で、今日の明け方、寝込みを襲ってお縄にしたのさ」

　甚右衛門がぶるぶると震え出す。青木は甚右衛門ににじり寄った。

「もうわかってるだろうが、そいつはあっさり吐いたぜ。頼み人が、お前だってことをな」

それが駄目押しだった。甚右衛門はがっくりと頭《こうべ》を垂れ、呻き始めた。

「あいつのせいだ……淡路屋の寛輔が……あいつが千両なんて言い出さなきゃ……あいつが……」

「馬鹿言わないで！」

お美羽が怒鳴った。甚右衛門が、びくっとする。

「相手に挑まれたからって、私たちが見たこともない千両なんて大金、賭けちまうあんた自身もどうかしてるのよ。人のせいにできるわけないでしょ。しかも、お店を守るためだか何だか知らないけど、その尻拭いに何の罪もない和助さんを殺そうとするなんて、ふざけんじゃないわよ」

その剣幕に、甚右衛門ばかりか青木も喜十郎も、気を呑まれたような顔をしている。お美羽は前に進み、甚右衛門を足元に見下ろして言った。

「うちの店子に手ぇ出す奴は、ただじゃおかないんだから」

捨て台詞と共に、お美羽はぷいっと背を向けた。気を取り直した青木が十手を抜き、半ば呆然としたままの甚右衛門に、和助殺しを謀《はか》った咎により召し捕る旨を告げた。

十六

「とうとう皆、お縄になったそうで。本当にお世話になりやした。お礼の申しようもございやせん」

お糸と共に御礼の挨拶に来た和助は、畏まって頭を下げた。

「聞いた話じゃ、杉田屋の多兵衛も、甲州へ逃げる途中で高井戸《たかいど》辺りでお縄になったとか。何もかも、お美羽さんのおかげです」

「いえいえ、私のやったことなんて、そんな」

照れ臭くなったお美羽が手を振ると、和助は真面目な顔で言った。

「とんでもねえ。喜十郎親分から聞きやした。八丁堀の旦那まで、半ばはお美羽さんの手柄だってお褒めになってるそうで。大《てえ》したもんだ」

「あんまり持ち上げないでおくれ。調子に乗って、また何をしでかすか」

欽兵衛が、安堵の中にも困ったような様子を見せて言った。毎度のことながら、お美羽が勝手に面倒事に首を突っ込むせいで、一人はらはらさせられているのだ。それについてはお美羽も済まないと思うのだが、性分なので止められない。

「他人様の役に立つのはいいが、ますます縁遠くなっていくようで」

欽兵衛が嘆息するのに、和助夫婦は揃って「お美羽さんほどの人なら、近いうちきっと良縁があるに違いありません」と声を強める。何度もそう言われてはきたんだけどなあ、とお美羽は頭を掻いた。

「もう和助さんは、仕事に戻るのね」

お美羽が話を変えると、和助は嬉しそうに頷いた。

「ええ。親方ともども、遡《さかのぼ》って御沙汰が取り消されやしたんで。明日から仕事に戻りやす」

「扇座さんから、壊れた桟敷の修繕を頼まれたんです。この人、すっかり張り切って」

お糸が横から口を添えた。任しとけという風に、和助が胸を張る。

「前より綺麗に仕上げますよ。今月の興行は駄目になったが、御上からお許しが出たんで、先送りで河原崎座の次に改めて興行するそうでさァ。それにはきっちり間に合わせやす」

そりゃあ何よりだ、と欽兵衛が満面の笑みになる。

「杢兵衛親方も、お前がいれば安心だねえ」

「いや、俺なんざ、まだまだひよっ子に毛が生えたくれぇなもんで」

謙遜して赤くなる和助に、お糸がくすっと笑った。

「親方も、日を改めて御礼に伺うと言っておりやす。その節はよろしく」

「あんまり気を遣わないでと言っといて下さいね」

承知しやしたとまた頭を下げ、若い夫婦は帰って行った。仲睦まじい様子に、お美羽はちょっとだけ羨ましくなる。

「やれやれ、お前があんな風にいい連れ合いと並んで歩く姿を、いつになったら見られるかねえ」

二人を見送った欽兵衛がそんなことを漏らしたので、お美羽はその背中を叩いた。

「私に嫁に行ってほしいなら、もっと長屋の仕事に精出してよね。今日もご隠居と将棋とか言うんじゃないでしょうね」

図星だったようで、欽兵衛はもごもごと何か呟いた。お美羽はもう一度欽兵衛の背を叩いた。

　そこへ表口から、「ご免下さいませ」と声がかかった。年嵩のようだが、聞いたことのない声だ。お美羽は急いで表口に出た。

　入って来たのは、四十五、六の身なりのいい男だった。すらりとして顔立ちも整い、なかなかの男ぶりである。若い頃は、結構な二枚目だったろう。顔には見覚えがあるが、さて誰だったか。

　男は小者に持たせていた角樽と尾頭付きを差し出し、丁重に腰を折った。

「扇清左衛門でございます。このたびは、扇座をお救い下さり、誠にありがとうございました」

「まあ、座元さんでしたか。わざわざのお越し、恐れ入ります。どうぞお上がり下さい」

　清四郎の父親だったか。お美羽もやっと思い出した。元役者だけに、様子がいいのも道理だ。清左衛門は、お邪魔いたしますと言って、お美羽の案内で座敷に通った。

　欽兵衛とお美羽を前にして正座した清左衛門は、お美羽の働きについて繰り返し礼を述べた。欽兵衛もお美羽も、却って恐縮する。

「それにしても、ご贔屓筋の若旦那があんなことをなさるとは、驚きましたなあ」

欽兵衛が言うと、清左衛門はかぶりを振った。

「いえ、それも、淡路屋のご主人が過分に手前どもをご贔屓下さった所為《せい》です。寛一郎若旦那も、お店を守りたい一心で、つい一線を越えてしまわれた。お恨みはいたしません。むしろ、お気の毒で」

できたお人だなあ、とお美羽は思う。淡路屋は闕所《けっしょ》は免れそうだが、扇座の修繕は無論のこと淡路屋の弁償だし、今度のことで店の信用は大きく損なわれた。もともと台所が苦しくなりかけていたところにこれなので、一年保《も》つかどうか、と巷では噂されている。

「でも、鹿納屋さんは酷いです。あれは許せません」

未だに腹立ちが消えないお美羽が言うと、さてもと清左衛門は頷いた。

「大工の和助さんにまで手を出すとは、確かに酷い話です。千両もの金がかかれば、道を見失うお人もおられましょう。永年芝居の中に身を置いておりますが、時にこのように、人の業《ごう》とは何と深いものかと思わされることがございます」

清左衛門は、しみじみと言った。この人も、扇座の頭に座る者として、いろいろなものを見て来たんだろうな、とお美羽は思った。

そこでふと、清左衛門が自分を見ているのに気付いた。おかしなことに清左衛門は、何かを言おうか言うまいかと逡巡しているようだ。何だろう、と思ったが、直截に尋ねるのも不躾《ぶしつけ》なので、そのまま待った。

やがて清左衛門は、心を決めたように口を開いた。

「あの、実は倅の清四郎のことなのですが……迷いましたが、お美羽さんにはお話ししておいた方がよろしいかと」

えっ、とお美羽は目を見開く。清四郎さんのことですって。お美羽は、自分の頬が熱くなるのを感じた。もしや清四郎さん、私のことを清左衛門さんに話したのだろうか。まさか、嫁に欲しいなんて言ったとか？　でも清左衛門さんの様子は、喜んで話をまとめようとしているようには見えない。ひょっとして、私は嫁にふさわしくないと思って、釘を刺すつもりなのか。あっ、障子割りのお美羽という変な名が耳に入っちゃったかな。

傍らの欽兵衛も、何か感付いて落ち着かなげだ。清左衛門は、千々に乱れるお美羽の胸の内を知ってか知らずか、話を切り出した。

「このたびのことをお調べいただくに当たって、清四郎と、真垣左京様のご家来の矢倉仲次郎様と三人で、度々話し合われたと存じますが」

「あ、は、はい」

お美羽は慌てて答えた。何だか、膝がふわふわする。

「これはその、矢倉様にも関わることで……」

「矢倉様にも、ですか」

どういうことだろう。そこで思い当たり、心臓が跳ね上がる。矢倉様と清四郎さんの間で、私を巡って奪い合いの諍《いさか》いとか？　もしそうだったらどうしよう。選べって話になったら、どっちを？　とても仲良さそうに見えたお二人が仲違いしたら？　うわあ、私ったら、何て罪作りなの。

「ええと、このように申し上げるのは、大変に不躾なのですが……」

清左衛門は、どうにも言い難そうだ。額に汗が浮いたのを、急いで拭った。

「その、お美羽さんは、清四郎のことを憎からずお思いのご様子で……」

これには欽兵衛も目を丸くする。そのくらい察していたとは思うが、こんな風に清左衛門から話が出るとは思っていなかったろう。お美羽も、何と言っていいかわからなくなった。

「そ、それはその、はあ」

はい、と言い切る力もなく、お美羽は俯いてしまった。清左衛門は、言わずともわかるとでも言うように、独りで頷いている。

「そうであれば、やはり申し上げるべきかと。矢倉様のことです」

ああ、やっぱり。私、どうすればいいの。矢倉様はれっきとした大身旗本のご家来、普通じゃ私と釣り合わないのに……でも、もしそれほど思っていただけるなら……。

「実は、清四郎と矢倉様は、互いに思い合っておりまして」

はい？

「矢倉様とは御身分も違い、無論のこと、なさぬ仲でございます。矢倉様はかつて、御主君と衆道《しゅどう》の交わりがあったらしく、芝居茶屋で清四郎に会って互いに見初めたようでございます。たまに人目を忍んで会っておりましたようですが、このたびのことでお美羽さんも含め三人で頻繁に会ううち、さらにその……熱を上げてしまったようでして」

な、何よそれ。あまりのことに、お美羽は呆然となった。

「ええと、それはつまり、お二人は男同士で深い仲……あ、失礼」

欽兵衛もいささか面喰らっているようだ。清左衛門は、肩を落とした。

「はい。手短に申しますと、そのようなことでございます」

ああ、私ってどれだけ馬鹿なんだろう。一瞬とはいえ、変に舞い上がったりしてしまって……。

思い起こせば、それらしい気配はあったのだ。清四郎は矢倉に話しかけるとき、二、三度「ちゅう」と言いかけて、慌てて「矢倉様」と直していた。二人で会うときは「仲次郎様」と呼んでいたのが、つい出てしまったのだろう。三人で会合するときは、お美羽が早めに行ったつもりでも、常に矢倉と清四郎が先に来ていた。あれは、半刻くらい先に来て、二人だけの逢瀬を楽しんでいたのだ。お美羽の顔を見るたび上気した様子だったのは、そのせいだ。男同士のそんな気持ちに気付かなかったとは、私の目は節穴か。

「そんな次第で、もしお美羽さんが誤解されていたら余りにも申し訳ないと存じまして、敢えてお話しした次第です」

どうかこのこと、ご内聞に、と清左衛門は畳に額をこすりつけた。当たり前だ。こんな話、私だって格好悪過ぎて言えたもんじゃない。お美羽は天井を仰いだ。神様、またしても私に足払いを食わせてくれたわね。いったい私が何したって言うのよ。


清左衛門はそれから何度も御礼と御詫びを繰り返した揚句に、帰って行った。清左衛門を送り出したお美羽は、へなへなと座敷に座り込んだ。その肩に、欽兵衛が手を置いた。

「まあその、今度のことは、縁がなかったという話だね」

欽兵衛も、清四郎については多少期待を持っていたらしい。お美羽は、泣く気すら起こらずに大きな溜息をついた。

「よりによって、女に興味のない人だったとはねえ。なんで気付かなかったかなあ。もう、穴があったら入りたい」

「青木様は、このことお気付きじゃあるまいね」

「気付かれてたら、恥ずかしくて顔出せない」

「前も言っておられたように、青木様が良縁を探して下さるよ。家主の寿々屋《すず》さんだって、町名主の幸右衛門《こうえもん》さんだって、お前のことを気にかけてくれてるから」

「気にかけてくれてても、いい話来ないし。自分でその気になっても、全然うまく行かないし」

お美羽は不貞腐れて、もう放っといて、と立てた膝の間に顔を埋めた。欽兵衛が後ろで、お美羽以上に大きな溜息をつく気配がした。


「それで、清四郎さんとはうまく行かなかったの」

回向院近くの茶店で心太に舌鼓を打ちながら、おたみが聞いた。

「うん。やっぱりちょっと、合わなかったみたい」

お美羽はできるだけ軽い調子で言った。男色だったのに気付かなかった話は、おくびにも出さない。

「そうかあ。いい人だと思ったのになあ」

並んで座るお千佳が言った。何だか、お美羽よりも残念そうに見える。お千佳は清四郎を遠目にしか知らないはずなので、いかにも立派に見えていたのだろう。

「まあ、しょうがないわ。こういうのは、縁だから」

悟ったように言うと、お千佳は「そうかなあ」と首を傾げた。

「それにしても、扇座さんの一件って、回り舞台みたいだったわね。芝居小屋だけに」

おたみが、先の方に垣間見える扇座の屋根を指して、そんなことを言った。

「回り舞台？」

お千佳が聞き返すと、おたみはもっともらしい顔で言う。

「怪しいと思った人が、順に入れ替わっていったでしょう。杉田屋の番頭、御旗本の家来、河原崎座の人、悪徳大工の徳市、それから淡路屋の若旦那。何のためにとか、どうやってとかも含めて、見立てがぐるぐる回ったじゃない」

「ははあ、それもそうね」

お千佳が感心したように言ったので、おたみは気を良くしたらしく、得意顔になる。

「そうして最後に回った舞台に立ったのが、鹿納屋さん。あれにはびっくりだわ」

「そうね。思い当たったときには、自分でもびっくりしたもの」

お美羽はおたみに微笑んだ。実はもう一回りあって、最後の一幕が矢倉と清四郎だったとは、情けなくて言えない。

「ねえ、扇座さんは再来月に仮名手本忠臣蔵、やり直すのよね」

おたみが身を乗り出して聞いた。芝居好きのおたみは、見逃した舞台を改めて見られることの方に関心があるようだ。

「うん。それでね、座元さんからお招きいただいてるの。今度のお礼もあって、一番上等の桟敷席に芝居茶屋も全部丸抱えで」

「わあ、それ、いいじゃない。私も平土間はタダで入れてくれるそうだけど」

おたみが何か期待するような目を向けるので、お美羽は笑って言った。

「大丈夫。おたみちゃんとお千佳ちゃんの分も頼んどいた。もちろんご一緒にどうぞ、ですって」

「やったあ」

おたみが飛び上がって心太をひっくり返しそうになり、慌てて押さえる。

「私もなの？　嬉しいなあ。さすがお美羽さん」

お千佳も手を叩いた。まあね、とお美羽は胸を反らせる。

「ついでに役者さんとお近付きになれたらいいのに」

おたみは贔屓役者を楽屋に訪ねたりもしているが、それ以上のことは当然ながらできていない。役者と深く付き合うには金がかかるし、先陣争いの相手も多いのだ。

「あんまりたくさん望み過ぎちゃ駄目よ。程々にしなきゃ」

そうよね、とお千佳も言う。

「今度のことだって、ご贔屓筋のやり過ぎから来てるんでしょ。人は身の丈よ、身の丈」

「そうそう、高望みしないで精進してれば、きっといいことあるんだから」

自分で言ってから、お美羽は内心で苦笑した。お侍と、座元の若旦那。今回は、高望みだっただろうか。そんなつもりはなかったんだけど。

「あーあ、次こそいい人、来ないかなあ」

三人は揃って空を見上げた。真っ青な夏空に、入道雲が湧き始めている。茶店の風鈴が、ちりんと鳴った。

この作品は書き下ろしです。

幻冬舎時代小説文庫

●好評既刊
山本巧次
入舟長屋のおみわ
江戸美人捕物帳

長屋の大家の娘・お美羽（みわ）は容姿端麗でしっかり者だが、勝ち気すぎる性格もあって独り身。ある日、小間物屋の悪い噂を聞き、恋心を寄せる浪人の山際と手を組んで真相を探っていく……。

●好評既刊
山本巧次
入舟長屋のおみわ　夢の花
江戸美人捕物帳

美しく勝ち気なお美羽が仕切る長屋。住人の長次郎の様子が変だ。十日も家を空け、戻ってからも姿を現さない。お美羽は長次郎の弟分・弥一と共に理由を探る……。切なすぎる時代ミステリー。

●好評既刊
山本巧次
入舟長屋のおみわ　春の炎
江戸美人捕物帳

北森下町の長屋を仕切るおみわは器量はいいが、気が強すぎて二十一歳なのに独り身。ある春、火事が続き、役者にしたいほど整った顔立ちの若旦那と真相を探るが……。切ない時代ミステリー！

●好評既刊
山本巧次
江戸の闇風
黒桔梗裏草紙

美人常磐津師匠・お沙夜は借金苦の兄妹を助けるが、その兄が何者かに殺される。同時に八千両という大金の怪しい動きに気づき真相を探るお沙夜を待ち受けていたのは、江戸一番の大悪党だった。

●好評既刊
山本巧次
花伏せて
江戸の闇風　二

美人泥棒のお沙夜が目を付けたのは町名主と菓子屋主人。二人が商家に詐欺を仕掛け、大金を得ているとの噂がある。指物師や浪人とともに真相に迫るが、相手も気づき、お沙夜を殺そうとする。

幻冬舎文庫

●好評既刊
祝祭と予感
恩田　陸

大ベストセラー『蜜蜂と遠雷』のスピンオフ短編小説集。幼い塵と巨匠ホフマンの永遠のような出会い「伝説と予感」ほか全6編。最終ページから読む特別オマケ音楽エッセイ集「響きと灯り」付き。

●好評既刊
孤独という道づれ
岸　惠子

日本とフランスを行き来して六〇年。晩年という齢になったが、好奇心と冒険心のおかげで退屈な「老後」とは無縁。その凛とした佇まいの源を、おどけとハッタリで描ききる会心のエッセイ集！

●好評既刊
ホームドアから離れてください
北川　樹

親友がベランダから飛び降りたと聞いて、僕は学校に行くのをやめた。引きこもっていたある日、手紙ではなく写真を運ぶ「空色ポスト」を知る。それをきっかけに、僕は一歩を踏み出し……。

●好評既刊
60歳、女、ひとり、疲れないごはん
銀色夏生

ここまで生きてくると、もうこれからは自分の好きなものを、好きな量だけ、気楽に食べたい。作る時も食べる時も疲れないですむ、こころ落ち着くごはん。それがいちばんのごちそう。

●好評既刊
残酷依存症
櫛木理宇

三人の大学生が何者かに監禁される。犯人は彼らの友情を試すかのような指令を次々と下す。要求はエスカレートし、葬ったはずの罪が暴かれていく。殺るか殺られるかのデスゲームが今始まる。

江戸美人捕物帳《えどびじんとりものちょう》

入舟長屋《いりふねながや》のおみわ　ふたつの星《ほし》

山本巧次《やまもとこうじ》

令和4年6月10日　初版発行

発行人——石原正康
編集人——高部真人
発行所——株式会社幻冬舎
〒151-0051東京都渋谷区千駄ヶ谷4-9-7
電話　03(5411)6222(営業)
　　　03(5411)6211(編集)
公式HP　https://www.gentosha.co.jp/
印刷・製本—中央精版印刷株式会社
装丁者——高橋雅之

幻冬舎時代小説文庫

ISBN978-4-344-43203-1　C0193　や-42-6